MP3

日本語 基本 1200句 會話

吉松由美
大山和佳子 ◎合著

「萬用句型」×「生活單字」
input輸入→output輸出寶典！

附贈 QR碼+MP3

Nihongo Ki

Honn Kaiwa

U0073289

山田社

只要瞭解勇敢開口說日語的「七不訣竅」， 就能打造出令人驚豔日語溝通達人。

老師苦口婆心跟您講解日語要這麼說，您卻什麼都不記得，在需要與人以日語溝通的場合裡，腦中明明備妥了學來的會話應對，日本人卻聽不懂您說的。接下來日本人拼命與您溝通，快速的日語如流彈掃射，腦袋彷彿被轟炸，兩人卻是雞同鴨講，您是越說越沮喪。

如何找對方法又說一口好日文？

學會話要有「看、聽」的 input 輸入，但更要有「唸出來」的 output 輸出。「唸出來」時，將使用到大量複雜的運動神經，而「運動性記憶」將讓您記一次就難以忘記。本書建議您學習時，看內文聽光碟的同時，也配合「唸出來」的運動性記憶，來達到長久記憶的效果。

本書告訴您，瞭解勇敢開口說日語的七不訣竅：
第一不，不需難：從容易聽懂的、自己想說的簡單日語開始學。
第二不，不設限：設計哪些情景，會用哪些句子。
第三不，不斷練：句子跟情境對上後，反覆練習該句子。
第四不，不斷想：練習句子時，同時想像跟日本人溝通的樣子。
第五不，不怕換：替換句中的名詞或形容詞。
第六不，不看書：閉上眼睛不假思索，一秒內就能脫口說出句子。
第七不，不緊張：面對日本人，還能反射性回答。

詳細如下：
第一不，不需難：從容易聽懂的、自己想說的簡單日語開始學。
如果您在餐廳點飲料，會跟服務人員說哪些句子。把這些句子找出來，要簡單易學的，開始就從這裡著手。

說日語時，如果腦中一直想著文法，就會說得吞吞吐吐，讓臨場反應能力變慢，本書繞開太難的文法及單字，收集簡單卻實在，日本人 24 小時都在用的日語短句。就要您從容易聽懂的、自己想說的簡單日語開始學。

第二不，不設限：設計哪些情景，會用哪些句子。
接下來想像一下自己跟餐廳服務人員點飲料說會哪些句子。「你推薦哪種葡萄酒呢」、「咖啡飯後給我」、「咖啡不加糖」、「我要水」等等。心中想著這些畫面，並想像日本人就在您面前，練習這些句子。本書從龐大的生活場面中，篩選出最常用的 71 個情境，及該情境最常用的句子。就是要您臨場容易派上用場。

第三不，不斷練：句子跟情境對上後，反覆練習該句子。
為了開口說日語時更有自信，因為自信會激勵學習潛能與慾望。當句子跟情境對上後，就要反覆練習該句子。總之，有時間就練習，讓嘴巴習慣日語，並熟悉場景及對話內容。

第四不，不斷想：練習句子時，同時想像跟日本人溝通的樣子，並發出聲音。
心中想著日本服務員就在您眼前，然後發出聲音，把句子唸出。本書 71 個情境都有插圖，讓您對著插圖進行聯想，就好像日本人就在您眼前跟您對話一樣。這樣將它當作自我挑戰，如果您想要學好日語會話，就要習慣並且享受挑戰，更要把它當成每日生活的一部分。

第五不，不怕換：替換句中的名詞或形容詞。

　　只要在句中（句型中）替換不同的名詞或形容詞，句子就會像百寶箱一樣，立刻讓一個單字就是一個場景。例如：「～をください」這個句子：

ケーキをください→用在餐廳點甜點時。

お金をください→用在跟父母要錢時。

手紙をください→用在跟朋友要到遠方時。

仕事をください→用在職場時。

　　本書收集了生活各種場景常用基本句型，讓您盡情說、自由自在說日語！

第六不，不看書：不假思索，一秒內就能脫口說出句子。

　　用日文想事情，想像自己想做、正在做的事等等，我等一下要去超市…家裡的米快沒了。掌握本書日本語基本 1200 句會話，並能一秒內就能脫口說出，您就是日語達人啦。

第七不，不緊張：面對日本人，還能反射性回答。

　　有了上面的基礎墊底，就要真槍實彈上場演練了。如果您有認識的日本朋友或同事，找機會跟他們交談，試著在他們面前，在有壓力的情況下，都能反射性的回答。透過真人說日語的對話方式，您的日語會話能力就能進步神速。

透過本書，您將知道：

♥ 到日本打工如何面試？

♥ 怎麼用日語找到好房子？

♥ 如何投健康保險？

♥ 怎麼跟鄰居打招呼？

♥ 食衣住行輕鬆開口說！

♥ 日本人都在用的談天、交友好用句！

♥ 到日本各地旅行都用得到的日語…等。

本書以一天為單位，一天一練習，遇到日本人不怕溝通障礙！不管您是想要提升日語能力、打工遊學、長短期留學、交換學生還是想當背包客，跟著《日本語基本1200 句會話「萬用句型」×「生活單字」input 輸入→ output 輸出寶典！》提供快速派上用場，「容易聽懂、自己想說」的會話，並幫您打造 71 種日語環境插圖，幫助您擺脫不敢開口的魔咒！

> **本書特色**

♥「萬用句型」×「生活單字」：input 輸入→ output 輸出！

◇本書繞開太難的文法及單字，從龐大的生活場面中，篩選出最常用的 71 個情境，並提供簡單、快速、能即時派上用場的「萬用句型」、「生活單字」。每個句型只要靈活替換生活單字，句子應用就加倍加倍再加倍！

◇透過本書的「萬用句型」，只要會一句就能應付生活中大部份的場景，再加上看內文聽光碟的同時，也配合「唸出來、寫出來」的「input 輸入→ output 輸出」運動性記憶，來達到長久記憶的效果，幫助您在面對日本人時，從容應對「大膽開口」！

● ＿＿＿在哪裡？

名詞 ＋はどこですか。
wa doko desuka

我的座位	商務客艙	洗手間	雜誌
わたし せき 私の席 watashi no seki	ビジネスクラス bijinesu kurasu	トイレ toire	ざっし 雑誌 zasshi

♥ 好用例句：input 輸入→ output 輸出！

◇初學日語會話時，可以先學最基礎的文法，從稍微硬一些但標準且有禮貌的「です、ます形」出發。講話有禮，日本人首先就會對您另眼相看。

◇本書 20 個生活主題，每個場景都幫您精挑細選生活中的常見的會話（です、ます形），方便您「死背硬記」累積實力，再加上「input 輸入→ output 輸出」的運動性記憶，不讓畏縮阻礙您成功的第一步，讓實力堆疊成勇氣，就是要「勇於開口」。

♥ 生活小知識：input 輸入→ output 輸出！

◇怎麼租到一個適合自己的房子？怎麼花錢最省錢？怎麼坐車快又有效率？哪裡有便宜哪裡好買？這些您一定要知道的日本生活小知識，幫助您一到日本就能快速進入狀況，旅居日本更加便利，少走冤枉路！

本書由，
二十年編寫日語會話經驗的專業教師群＋赴日留學十幾年生活實際經驗編輯 20 個日常生活場面日語 × 71 張生活情境圖

好用例句

生活小知識

好用單字

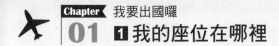

Note 01

すみません。H列はどこですか。
エイチ れつ

請問，H排在哪裡？

 01 大聲唸！寫出來！

請問，H排在哪裡？

A：すみません。H列はどこですか。
エイチれつ
sumimasen. eichi retsu wa doko desuka.

H排再另一側的走道。

B：H列は向こうの通路です。
エイチれつ　　む　　　　　つうろ
eichi retsu wa mukoo no tsuuro desu.

日本生活小知識

出發要到日本啦！太開心了。但出門在外，最重要的就是安全囉！要知道登機時托運的行李，20 公斤以內是免費的。還有手提行李中，不可以有水果刀、打火機。當然登機前要事先關掉行動電話跟電子產品的電源喔！

▶ 替換單字

● ＿＿＿＿在哪裡？

名詞	＋はどこですか。
	wa doko desuka

我的座位	商務客艙	洗手間	雜誌
わたし せき			ざっ し
私の席	ビジネスクラス	トイレ	雑誌
watashi no seki	bijinesu kurasu	toire	zasshi

緊急出口	機場	耳機
ひ じょうぐち	くうこう	
非常口	空港	イヤホ（ー）ン
hijoo guchi	kuukoo	iyaho (o) n

Sentence 例句

您要靠窗邊的，還是通道的座位呢？
窓側と通路側、どちらがよろしいですか。
madogawa to tsuurogawa, dochira ga yoroshiidesuka.

行李的收據我貼在這裡。
お荷物の控えはこちらに貼っておきます。
o nimotsu no hikae wa kochira ni hatte okimasu.

請勿使用手機。
携帯電話のご使用はお控えください。
keetaidenwa no go shiyoo wa ohikae kudasai.

行李放不進去。
荷物が入りません。
nimotsu ga hairimasen.

請借我過。
通してください。
tooshite kudasai.

我想換座位。

席を替えてほしいです。
seki o kaete hoshii desu.

可以將椅背倒下嗎？

席を倒してもいいですか。
seki o taoshitemo ii desuka.

幾點到達？

到着は何時ですか。
toochaku wa nanji desuka.

有中文報嗎？

中国語の新聞はありますか。
chuugokugo no shinbun wa arimasuka.

可以給我果汁嗎？

ジュースをもらえますか。
juusu o moraemasuka.

麻煩幫我掛外套。

コートをお願いします。
kooto o onegai shimasu.

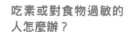

吃素或對食物過敏的人怎麼辦？

如果有飲食偏好，可以在飛機起飛前 48 小時，告知航空公司喔！

● 小知識

不能帶上飛機的東西，但可以放進托運行李中

原則上只要有可能轉變成攻擊性武器的物品，都是被禁止的喔！ 1. 化妝水、乳液、洗髮精、牙膏等液體、膠狀、噴霧等物品，必須裝在 100ml 容器內，總共加起來不能超過 1000ml；2. 水；3. 水果、蛋糕、麵包、泡麵…等肉製品、生鮮蔬果；4. 行動電源、鋰電池；5. 吃飯用刀、叉；6. 液體藥水；7. 相機腳架；8. 自拍神器；9. 雨傘；10. 鉛筆盒；11. 羽毛球拍。

Note 02

紅茶かコーヒーはいかがですか。

您要來杯紅茶或咖啡嗎？

02 大聲唸！寫出來！

您要來杯紅茶或咖啡嗎？

A：紅茶かコーヒーはいかがですか。
koocha ka koohii wa ikaga desuka.

給我紅茶。

B：紅茶ください。
koocha kudasai.

日本生活小知識

飛機上沒有隨機大廚喔！因此提供的餐點種類，都是航空公司事先在地面的中央廚房做好的，飛機上只能加個熱而已。可別跟空姐要求牛肉麵或是炒飯之類的，飛機上沒有準備的餐點喔！

● 請給我＿＿＿。

名詞 ＋をください。
o kudasai

牛肉 ビーフ biifu	雞肉 チキン chikin	毛毯 毛布 moofu	魚 魚 sakana
枕頭 枕 makura	葡萄酒 ワイン wain	暈車藥 酔い止め薬 yoidome gusuri	
啤酒 ビール biiru	報紙 新聞 shinbun	水 お水 o mizu	

● 有＿＿＿嗎？

名詞 ＋はありますか。
wa arimasuka

入境卡 入国カード nyuukoku kaado	感冒藥 風邪薬 kaze gusuri	英文雜誌 英語の雑誌 eego no zasshi
日本報紙 日本の新聞 nihon no shinbun		溫的飲料 温かい飲み物 atatakai nomi mono

Sentence 例句

您要雞肉還是豬肉。

チキンとポーク、どちらになさいますか。
chikin to pooku, dochira ni nasaimasuka.

給我豬肉。

ポークでお願いします。
pooku de onegaishimasu.

咖啡您要熱的還是冰的。

コーヒーはホットとアイス、どっちにしますか。
koohii wa hotto to aisu, docchi ni shimasuka.

給我冰的。

アイスでお願いします。
aisu de onegaishimasu.

我要冰的。

私はアイスにします。
watashi wa aisu ni shimasu.

請再給我一杯。

もう1杯ください。
moo ippai kudasai.

請給我飲料。

飲み物をください。
nomi mono o kudasai.

是免費的嗎？

無料ですか。
muryoo desuka.

我身體不舒服。

気分が悪いです。
kibun ga warui desu.

我肚子疼。
おなかが痛いです。
o naka ga itai desu.

感到寒冷。
寒いです。
samui desu.

想看錄影帶。
ビデオが見たいです。
bideo ga mitai desu.

現在繫安全帶的燈號已消失。
ただ今、シートベルト着用サインが消えました。
tada ima, shiito beruto chakuyoo sain ga kiemashita.

本機現在正通過亂流。
当機はただ今気流の悪いところを通過しております。
tooki wa tada ima kiryuu no warui tokoro o tsuuka shite orimasu.

請您回座位。
お座席にお戻りください。
o zaseki ni omodori kudasai.

現在我們在哪裡？
今、どのへんですか。
ima, dono hen desuka.

那是富士山嗎？
あれ、富士山ですか。
are, fujisan desuka.

什麼時候到達？
いつ着きますか。
itsu tsukimasuka.

再20分鐘。
あと20分です。
ato nijuppun desu.

請要上廁所的旅客現在趕快利用。
化粧室のご利用は今のうちにお済ませください。
keshooshitsu no go riyoo wa ima no uchi ni osumase kudasai.

● 小知識

日本出入境卡，盡量填寫完整

到日本，第一步就是要辦理入境手續。這時就要先填寫「外國人入國記錄」（出入境登記卡）。這一般在飛機上就可以領得到。裡面要填寫的項目有：姓名、出生年月日、性別、國籍、住家地址、日本聯繫地址、護照號碼、入境目的、搭乘航班、登機地等。請填寫完整，這樣通關時，就會更加順暢喔！

好用單字

雑誌 zasshi	／雑誌
イヤホ（ー）ン iyaho(o)n	／耳機
タバコ tabako	／香煙
ワイン wain	／葡萄酒
機内販売 kinai hanbai	／機艙內販賣

免税品 menzee hin	／免稅商品
カタログ katarogu	／型錄
スカーフ sukaafu	／圍巾
香水 koosui	／香水

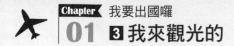

Note 03

旅行ですか。

你來觀光的嗎？

 大聲唸！寫出來！

你來觀光的嗎？

A： 旅行ですか。
ryokoo desuka.

不，我是來留學的。

B： いいえ、留学です。
iie, ryuugaku desu.

好了，可以了。

A： はい、結構です。
hai, kekkoo desu.

日本生活小知識

日本海關在審查書類時，會問的問題一般是，你來日本目的為何？你會停留幾天？你會住在哪裡？職業是什麼？在檢查行李時，一般會説，請打開行李？這是什麼？有沒有特別申報物品？有沒有攜帶以下物品？等問題，大都是簡單的日語。只要態度誠懇，簡單回答就好了。

▶ **替換單字**

● 旅行目的為何？

Q:旅行の目的は何ですか。
りょこう　もくてき　なん

ryokoo no mokuteki wa nan desuka

● 是_____。

A: 名詞 ＋です。
desu

観光 かんこう **観光** kankoo	留學 りゅうがく **留 学** ryuugaku	出差 しゅっちょう **出張** shucchoo	工作 し ごと **仕事** shigoto
商務 **ビジネス** bijinesu	探親 しんぞくほうもん **親族訪問** shinzoku hoomon	會議 かい ぎ **会議** kaigi	探訪朋友 ち じんほうもん **知人訪問** chijin hoomon

S e n t e n c e 例句

你的職業是？
職業は何ですか。
しょくぎょう　なん
shokugyoo wa nan desuka.

學生。
学生です。
がくせい
gakusee desu.

上班族。
サラリーマンです。
sarariiman desu.

粉領族。
OL です。
ooeru desu.

我是主婦。
主婦です。
shufu desu.

我是公司職員。
会社員です。
kaisha in desu.

我是醫生。
医者です。
isha desu.

我是公司負責人。
経営者です。
keeee sha desu.

聰明幫別人帶東西
如果別人託您帶東西，請務必打開確認。能帶就帶，不能帶就要果斷拒絕。否則責任是很重大的喔！

 ● 小知識

按指紋並拍照
到日本接受入境審查時，為了反恐，規定外國人第一次入境日本，要按食指紋還要拍面部照片。這時，海關人員會說：

♥ カメラを見てください。／請看照相機。
♥ こちらを見てください。／請看這邊。
♥ 人差し指をここに置いてください。／請將食指按在這裡。

Note 04

どこに滞在<ruby>滞在<rt>たいざい</rt></ruby>しますか。

你住哪裡？

04 大聲唸！寫出來！

你住哪裡？

A：どこに<ruby>滞在<rt>たいざい</rt></ruby>しますか。
doko ni taizai shimasuka.

我住新宿京王飯店。

B：<ruby>新宿<rt>しんじゅく</rt></ruby><ruby>京王<rt>けいおう</rt></ruby>プラザホテルです。
shinjuku keeoo puraza hoteru desu.

日本生活小知識

在檢查行李時，一般會問，請打開行李？這是什麼？有沒有特別申報物品？有沒有攜帶以下物品？等問題，大都是簡單的日語。只要以態度的誠懇，簡單回答就好了。

▶ **替換單字**

● 要住在哪裡？

Q:どこに滞在しますか。
doko ni taizai shimasuka

● ＿＿＿＿。

A: 名詞 ＋です。
desu

○○飯店	朋友家	○○旅館
○○ホテル	友人の家	○○旅館
hoteru	yuujin no ie	ryokan

留學生宿舍	兒子的家	○○民宿	同事的家
留学生宿舍	息子の家	○○民宿	同僚の家
ryuugakusee shukusha	musuko no ie	minshuku	dooryoo no ie

● 要待幾天？

Q:何日滞在しますか。
nannichi taizai shimasuka

● ＿＿＿＿。

A: 期間 ＋です。
desu

一個月	十天	三天	五天
一ヶ月	10日間	三日	五日間
ikkagetsu	tookakan	mikka	itsukakan

一星期	兩星期	大約兩個月
一週間	二週間	約2ヶ月
isshuukan	nishuukan	yaku nikagetsu

▶ **替換單字**

● 請_____。

動詞 ＋ください。
kudasai

開	等	看	關起來
開けて あ akete	待って ま matte	見て み mite	しまって shimatte

讓我看	說	拿出來
見せて み misete	言って い tte	出して だ dashite

● 這是什麼？
Q:これは何ですか。
なん
kore wa nan desuka

● 是____。

A: 名詞 ＋です。
desu

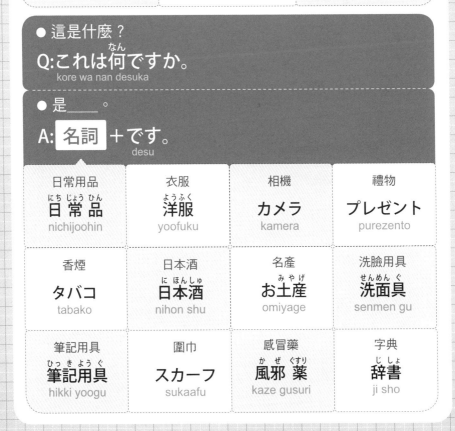

日常用品	衣服	相機	禮物
日常品 にちじょうひん nichijoohin	洋服 ようふく yoofuku	カメラ kamera	プレゼント purezento
香煙	日本酒	名產	洗臉用具
タバコ tabako	日本酒 にほんしゅ nihon shu	お土産 みやげ omiyage	洗面具 せんめんぐ senmen gu
筆記用具	圍巾	感冒藥	字典
筆記用具 ひっきようぐ hikki yoogu	スカーフ sukaafu	風邪薬 かぜぐすり kaze gusuri	辞書 じしょ ji sho

▶ 替換單字

● 麻煩我到_____。

場所＋までお願いします。
made onegai shimasu

台北 タイペイ **台北** taipee	日本 に ほん **日本** nihon	香港 ホンコン **香港** honkon
北京 ペ キン **北京** pekin	大阪 おおさか **大阪** oosaka	巴黎 **パリ** pari
倫敦 **ロンドン** rondon	羅馬 **ローマ** rooma	曼谷 **バンコク** bankoku	上海 シャンハイ **上海** shanhai

Sentence 例句

日本航空櫃檯在哪裡？
に ほんこうくう
日本航空のカウンターはどこですか。
nihonkookuu no kauntaa wa doko desuka.

我要辦登機手續。
チェックインします。
chekku in shimasu.

有靠窗的座位嗎？
まどがわ　　せき
窓側の席はありますか。
madogawa no seki wa arimasuka.

我要靠走道的。

通路側がいいです。

tsuuro gawa ga ii desu.

是全部禁煙嗎

全部禁煙ですか。

zenbu kin'en desuka.

是商務艙。

ビジネスクラスです。

bijinesu kurasu desu.

是經濟艙。

エコノミークラスです。

ekonomii kurasu desu.

這是里程累積卡的號碼。

これ、マイレージのナンバーです。

kore, maireeji no nanbaa desu.

全部都是隨身行李。

全部手荷物です。

zenbu tenimotsu desu.

20公斤超重一些了。

重さが20キロを少し超えていますよ。

omosa ga nijukiro o sukoshi koete imasuyo.

行李有沒有放這類東西？

お荷物にこういったものは入っていませんか。

o nimotsu ni kooitta mono wa haitte imasenka.

Note 05

両替（りょうがえ）はあちらの窓口（まどぐち）になります。

兌換在那邊的窗口。

05 大聲唸！寫出來！

兌換在那邊的窗口。

A：両替（りょうがえ）はあちらの窓口（まどぐち）になります。

ryoogae wa achira no madoguchi ni narimasu.

啊！謝謝你。

B：ああ、ありがとうございます。

aa,arigatoo gozaimasu.

日本生活小知識

日本的各個國際機場、大飯店、大銀行，都可以兌換外幣。兌換時需要手續費。旅行支票也可以兌換日圓。如果您有國際通用信用卡，就可以利用銀行的自動兌換機來兌換或是到 ATM 提領現金。

▶ **替換單字**

● 請＿＿＿＿。

名詞 ＋してください。
site kudasai

換外幣 りょうがえ **両替** ryoogae	簽名 **サイン** sain
確認 かくにん **確認** kakunin	換（錢） **チェンジ** chenji

Sentence 例句

換成日圓
に ほんえん
日本円に。
nihon en ni.

請換成五萬日圓。
ご まんえんりょうがえ
5万円両替してください。
goman en ryoogaeshite kudasai.

也請給我一些零錢。
こ ぜに ま
小銭も混ぜてください。
kozeni mo mazete kudasai.

旅行支票匯率會好一些。
ほう すこ
トラベラーズチェックの方が少しレートがいいです。
toraberaazu chekku no hoo ga sukoshi reeto ga iidesu.

27

請讓我看一下護照。
パスポートを見せてください。
pasupooto o misete kudasai.

麻煩您在這裡簽名。
ここにサインをお願いします。
koko ni sain o onegai shimasu.

這樣可以嗎？
これでいいですか。
korede ii desuka.

很抱歉，我們只收紙幣。
恐れ入りますが、お取り扱いは紙幣のみとなっております。
osoreirimasuga, o toriatsukai wa shihee nomi to natte orimasu.

很抱歉，我們不收台幣。
申し訳ありません、当行では台湾ドルのお取り扱いをしておりません。
mooshiwake arimasen, tookoo dewa taiwan doru no o toriatsukai o shite orimasen.

謝謝您使用。
ご利用ありがとうございました。
go riyoo arigatoo gozaimashita.

> **日圓有四種紙幣和六種硬幣**
>
> 四種紙幣是：1萬、5千、2千和1千日圓；六種硬幣是：5百、1百、50、10、5和1日圓。

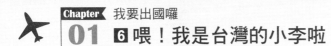
Note 06

もしもし、台湾の王です。

喂！我姓王台灣來的。

06 大聲唸！寫出來！

喂！我姓王台灣來的。

A：もしもし、台湾の王です。
moshimoshi, taiwan no oo desu.

喂！你現在在哪裡？

B：もしもし、今、どこにいますか。
moshimoshi, ima, doko ni imasuka.

我在羽田的巴士總站。在 13 號的公車站。

A：羽田のバスターミナルです。13 番のバス停に
います。
haneda no basu taaminaru desu. juusanban no basutee ni
imasu.

日本生活小知識

到了日本，第一件事當然就是打電話回國報平安囉！打電話回台灣，順序是「先撥國際電話代碼（010 等）→台灣國碼（886）→區域號碼去零（2）→電話號碼」。例如「010-886-2-2755-XXXX」。打行動電話也是去第一個零，例如「010-886-936-999-XXX」。

給我一張電話卡。
テレホンカード1枚ください。
terehon kaado ichimai kudasai.

喂，我是台灣的小李。
もしもし、台湾の李です。
moshi moshi, taiwan no ri desu.

陽子小姐在嗎？
陽子さんはいらっしゃいますか。
yookosan wa irasshaimasuka.

我剛到日本。
ただいま、日本に着きました。
tada ima, nihon ni tsukimashita.

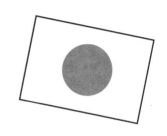

如何打日本市內電話

請輸入：「區域碼＋電話號碼」。例如東京是「03-3224-XXXX」。

搭成田Express去。
成田エクスプレスで行きます。
narita ekusupuresu de ikimasu.

那麼就在新宿車站見面吧！
では、新宿駅で会いましょう。
dewa, shinjuku eki de aimashoo.

在哪裡碰面好呢？
どこで会いましょうか。
doko de aimashooka.

知道南口在哪裡嗎？
南口はわかりますか。
minamiguchi wa wakarimasuka.

在JR的剪票口等你。
ＪＲの改札口で待っています。
jee aaru no kaisatsu guchi de matte imasu.

待會兒見。

では、また後で。
dewa, mata atode.

喂！你到車站了嗎？

もしもし、もう駅に着きましたか。
moshimoshi, moo eki ni tsukimashitaka.

還沒有。很抱歉，我會遲到15分左右。

いえ、まだです。すみません、15分ぐらい遅れます。
ie, mada desu. sumimasen, juugofun gurai okuremasu.

喂！你現在在哪裡？

もしもし、今どこですか。
moshimoshi, ima dokodesuka.

咦？我一直在店家的前面喔！

えっ？ずっと店の前にいますよ。
e? zutto mise no mae ni imasuyo.

如何打日本行動電話

只要直接輸入手機號碼就可以啦！例如「090-2345-XXXX」。

 ● 小知識

便宜又漂亮的日本電話卡
テレホンカード（テレカ）

如何打便宜的電話，可以多加利用可愛又美麗的電話卡。打日本國內電話用「Prepaid Card」，打國際電話用「World Prepaid Card」。至於日本緊急電話有：119 火警、救援；110 匪警、事故；104 查號台；117 報時台；177 天氣預報台。

喂！現在我到公車站了。

もしもし、今バス停に着きました。
moshimoshi, ima basutee ni tsukimashita.

馬上過去接你。

すぐ迎えにいきます。
sugu mukae ni ikimasu.

現在，無法接電話。

ただ今、電話に出られません。
tada ima, denwa ni deraremasen.

請在嗶聲後留言。

ピーッと鳴ったら、
メッセージをどうぞ。
piitto nattara, messeeji o doozo.

> 比較一下「留守、留守番、留守番電話」
> 留守：不在家、看家；
> 留守番：看家；留守番電話：電話答錄機。

您所撥的電話，是空號請查明之後再撥。

おかけになった電話番号は、現在使われIn！ておりません。
okakeni natta denwa bangoo wa, genzai tsukawarete orimasen.

到了新宿，我再打電話。

新宿に着いたら、また電話します。
shinjuku ni tsuitara, mata denwa shimasu.

好用單字		
電話する denwasuru	／打電話
携帯電話 keetai denwa	／手機
メッセージ messeeji	／留言
外出中 gaishutsu chuu	／外出中
留守 rusu	／不在家

好用單字		
出かける dekakeru	／出門
伝言 dengon	／留言
発信音 hasshin on	／鈴聲
ご用件 go yooken	／要事

Note 07

ＥＭＳを台湾に送りたいんですが。

我要用國際特快專遞寄到台灣。

07 大聲唸！寫出來！

我要用國際特快專遞寄到台灣。

A：ＥＭＳを台湾に送りたいんですが。
iiemuesu o taiwan ni okuritaindesuga.

裡面裝的是什麼？

B：中身は何ですか。
nakami wa nandesuka.

是書。

A：本です。
hon desu.

我秤一下。三公斤，4000 日圓。

B：量ります。 ３キロですね。 4,000 円です。
hakarimasu. sankiro desune. yonsen en'desu.

日本生活小知識

從日本寄包裹到國外的郵寄方法有：國際特快專遞（EMS）、航空、SAL 跟船運。
EMS 屬於優先包裹，速度快、通關手續簡單，最常被使用。另外，SAL 的經濟
航空包裹，價錢比 EMS 便宜，只要飛機有空艙位，也會快速幫你送達。

● 麻煩我寄 ＿＿＿＿＿。

| 名詞 | ＋でお願^{ねが}いします。 |

＋でお願いします。
de onegai shimasu

空運 こうくうびん **航空便** kookuubin	船運 ふなびん **船便** funabin	掛號 かきとめ **書留** kakitome
包裹 こづつみ **小包** kozutsumi	宅急便 たっきゅうびん **宅急便** takkyuubin	限時專送 そくたつ **速達** sokutatsu

費用多少？
料金^{りょうきん}はいくらですか。
ryookin wa ikura desuka.

麻煩寄到台灣。
台湾^{たいわん}までお願^{ねが}いします。
taiwan made onegai shimasu.

請給我明信片10張。
はがきを10枚^{まい}ください。
hagaki o juumai kudasai.

哪一個便宜？
どちらが安^{やす}いですか。
dochira ga yasui desuka.

34

有寄包裹的箱子嗎？

小包の箱はありますか。
kozutsumi no hako wa arimasuka.

箱子要收費，沒問題嗎？

箱は有料ですが、よろしいですか。
hako wa yuuryoo desuga, yoroshiidesuka.

麻煩寄航空信。

エアメールでお願いします。
ea meeru de onegai shimasu.

大概什麼時候寄到？

どのぐらいで着きますか。
donogurai de tsukimasuka.

四天左右。

四日くらいです。
yokka kurai desu.

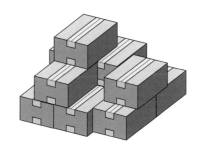

幾天送到台灣呢？

國際特快專遞（EMS）約 3-5 天；航空約 7-10 天；SAL 約 10-20 天；船運約 20 天到三個月不等。

● 小知識

怎麼郵寄最划算呢？

如果郵寄的物品重量只有幾百 g，而且是貴重的，就走 EMS 國際特快專遞；如果物品重，而且希望盡快送達，那就走航空或 SAL 的管道；如果是便宜的日常用品，又不急著到手，那麼，船運是最經濟的囉！

Note 08

もしもし、予約をしたいのですが。

喂！我想預約。

08 大聲唸！寫出來！

喂！我想預約。

A： もしもし、予約をしたいのですが。
moshimoshi, yoyaku o shitainodesuga.

好的，您預約什麼時候呢？

B： はい、いつでしょうか。
hai, itsu deshooka.

今天晚上開始住 4 個晚上。麻煩兩個人，一個房間。

A： 今晩から４泊です。二人、一部屋をお願いします。
konban kara yonpaku desu. futari, hitoheya o onegaishimasu.

日本生活小知識

直接在日本機場預約飯店，也是考驗日語的好方法喔！有時候還可以幸運地找到重新裝修、簡單、又漂亮的飯店喔！

▶ 替換單字

● ＿＿＿多少錢？

名詞 (は…) ＋いくらですか。
　　wa　　　　ikura desuka

一晚 **1泊** ばく ippaku	一個人 **一人** ひとり hitori	兩張單人床房間 **ツインは** tsuin wa

一張雙人床房間 **ダブルは** daburu wa	單人床房間 **シングルは** shinguru wa	這個房間 **この部屋は** へ や kono heya wa

總統套房 **スイートルームは** suiito ruumu wa	兩個人 **二人で** ふたり futari de

Sentence 例句

這家旅館住宿費比較貴。
この旅館のほうが料金が高いですよ。
りょかん　　　　　りょうきん　たか
kono ryokan no hoo ga ryookin ga takaidesuyo.

A飯店比B飯店還要有人氣。
Aホテルのほうが、Bホテルより人気があります。
エー　　　　　　　　　ビー　　　　　にん き
ee hoteru no hoo ga, bii hoteru yori ninki ga arimasu.

我想預約。
予約したいです。
よ やく
yoyakushitai desu.

有附早餐嗎？
朝食（ちょうしょく）はつきますか。
chooshoku wa tsukimasuka.

那樣就可以了。
それでお願（ねが）いします。
sorede onegai shimasu.

三個人可以住同一間房間嗎？
三人一部屋（さんにんひとへや）でいいですか。
sannin hitoheya de ii desuka.

有餐廳嗎？
レストランはありますか。
resutoran wa arimasuka.

有沒有更便宜的房間？
もっと安（やす）い部屋（へや）はありませんか。
motto yasui heya wa arimasenka.

幾點開始住宿登記？
チェックインは何時（なんじ）からですか。
chekku in wa nanji kara desuka.

我來幫你提行李。
お荷物（にもつ）お持（も）ちします。
o nimotsu omochishimasu.

大廳有電腦。
ロビーにパソコンがございます。
robii ni pasokon ga gozaimasu.

日本膠囊旅館（Capsule Hotel）

到日本，不妨挑戰一下，一晚約 3000 日圓的太空艙式單人小床！

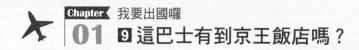
Note 09

あのう、このバスは新宿行きですか。

請問，這輛巴士開往新宿嗎？

 大聲唸！寫出來！

請問，這輛巴士去新宿嗎？

A： あのう、このバスは新宿行きですか。
anoo, kono basu wa shinjuku iki desuka.

去的。給我看一下車票。車子就要開了喔！

B： そうです。チケットを見せてください。
間もなく出発しますよ。
soo desu. chiketto o misete kudasai.
mamonaku shuppatsu shimasuyo.

日本生活小知識

從成田機場到東京市區，有搭乘電車與巴士兩種方法。電車的好處是不受交通
狀況影響，但如果行李體積較大，就有些不方便了。巴士雖然容易遇到塞車，
但有專人替您的行李上號碼牌，確保不會遺失，大型巴士底下還有行李專門區，
來置放您的行李。

你好。我在網路有預約

すみません、ネットで予約したんですが。
sumimasen, netto de yoyaku shitandesuga.

有到〇〇飯店嗎？

〇〇ホテルへ行きますか。
hoteru e ikimasuka.

下一班巴士幾點？

次のバスは何時ですか。
tsugi no basu wa nanji desuka.

給我一張到新宿的票。

新宿まで1枚ください。
shinjuku made ichimai kudasai.

請往右側出口出去。

右側の出口に出てください。
migigawa no deguchi ni dete kudasai.

↑出口

請在3號乘車處上車。

3番乗り場で乗車してください。
sanban noriba de jooshashite kudasai.

我想去澀谷。

渋谷へ行きたいです。
shibuya e iki tai desu.

利木津巴士的車票

利木津巴士的車票上都
有在哪一號乘車位號碼
上車、出發時刻、去
向，要確認喔！

幾號巴士站？

乗り場は何番ですか。
nori ba wa nanban desuka.

這裡有到新宿嗎？
ここは、新宿行きですか。
koko wa, shinjuku iki desuka.

到東京車站要幾分鐘？
東京駅まで何分ですか。
tookyoo eki made nanpun desuka.

好用單字		
切符 kippu	／車票	
売り場 uriba	／售票處	
リムジンバス rimujin basu	／機場巴士	
乗り場 noriba	／乘車處	
1番乗り場 ichiban noriba	／一號巴士站	

好用單字		
並ぶ narabu	／排隊	
新宿行き shinjuku yuki	／往新宿	
東京駅行き tookyoo eki yuki	／往東京車站	
都内 tonai	／都內	

● 小知識

暢行無阻的儲值卡

到日本搭車，建議購買 Suica 等 IC 儲值卡，所有近距離的電車、地下鐵、公車與部分計程車，只要一卡在手，通過檢票口，觸碰一下，就能暢行無阻了！

Note 01

李様ですね。ご予約承っております。

您是李小姐對嗎。確認有您的預定。

10 大聲唸！寫出來！

我姓李。

A: 李と申します。
ri to mooshimasu.

您是李先生對嗎。確認有您的預定。

B: 李様ですね。ご予約承っております。
ri sama desune. go yoyaku uketamawatte orimasu.

日本生活小知識

日本飯店服務員一般可以用英語跟您溝通，但能講中文的並不多。大型飯店大都有免費的巴士接送服務。房間一般有單人房（シングル Single）、雙人大床房（ダブル Double）、兩張單人床的雙人房（ツイン Twin）、三張單三人床或雙人大床加單人床的三人房（トリプル Triple）…等。

▶ 替換單字

● 麻煩_____。

名詞	＋をお願いします。

をお願いします。
ねが
o onegai shimasu

住宿登記	行李
チェックイン chekku in	**荷物** に もつ nimotsu

說明	簽名	鑰匙
説明 せつめい setsumee	**サイン** sain	**鍵** かぎ kagi

Sentence 例句

有預約。
予約してあります。
よ やく
yoyakushite arimasu.

我是網路預約的。我姓李。
ネットで予約しました李と申します。
よ やく　　　　　　 り　 もう
netto de yoyaku shimashita ri to mooshimasu.

沒預約。
予約してありません。
よ やく
yoyakushite arimasen.

我叫李明寶。
李明宝といいます。
り めいほう
ri meehoo to iimasu.

李先生是嗎。確認有您的預定。
李様ですね、ご予約 承 っております。
ri sama desune, go yoyaku uketamawatte orimasu.

今天開始住兩晚。
本日から二泊ですね。
honjitsu kara futahaku desune.

幾點退房？
チェックアウトは何時ですか。
chekku auto wa nanji desuka.

麻煩刷卡。
カードでお願いします。
kaado de onegai shimasu.

房間是幾號房呢？
部屋は何号室ですか。
heya wa nangooshitsu deesuka.

528號房。
528号室です。
gonihachi gooshitu desu.

在哪裡吃早餐？
朝食はどこで食べますか。
chooshoku wa doko de tabemasuka.

> **房內使用網路**
> 一般都市裡的飯店或商務飯店，在房內都有提供上網或網路線的服務。

在房間可以使用網路嗎？
部屋でネット使えますか。
heya de netto tsukaemasuka.

有保險箱嗎？
金庫はありますか。
kinko wa arimasuka.

有街道的地圖嗎？
街の地図はありますか。
machi no chizu wa arimasuka.

這房間規定是禁煙的。
こちらは禁煙のお部屋となっております。
kochira wa kin'en no o heya to natte orimasu.

這是鑰匙跟早餐券。
こちらは鍵と朝食券です。
kochira wa kagi to chooshokuken desu.

我送您到房間。
お部屋にご案内いたします。
o heya ni go annai itashimasu.

請幫我搬行李。
荷物を運んでください。
nimotsu o hakonde kudasai.

請從那邊的電梯上三樓。
あちらのエレベーターで3階へお上がりください。
achira no erebeetaa de sangai e oagari kudasai.
.

● 小知識

房價有沒有含稅呢？

有些飯店的房價包括了 10％ 的消費稅和 10％ 的
服務稅。有的就沒有包括，要另外計費。有些溫
泉旅館還需要加上每晚每人約 150 日圓的溫泉稅。
記得問清楚，免得拿到帳單，嚇一跳喔！

Note 02

これをクリーニングしてほしいです。

這件我要送洗。

11 大聲唸！寫出來！

這件我要送洗。

A：これをクリーニングしてほしいです。
kore o kuriiningushite hoshiidesu.

好的。幫您收下了。

B：はい、お預(あず)かりします。
hai, oazukari shimasu.

日本生活小知識

日本飯店有各式各樣的客房服務，譬如進房間可能會看到桌上放著鳳梨酥，還有貼心的摺紙，擺得漂漂亮亮的浴衣。玄關擺放軟軟的，挺舒服的夾腳拖。有些飯店晚餐還提供美得捨不得吃的懷石料理。總之，在許多看似簡單的小地方，卻能讓客人感動。

▶ 替換單字

● 請＿＿＿＿。

名詞 ＋を＋ 動詞 ＋ください。
　　　　　　　　　　　　　　kudasai

房間／更換 へ や　　か 部屋／換えて heya／kaete	熨斗／借我 　　　　　　か アイロン／貸して airon／kashite
行李／搬運 に もつ　　はこ 荷物／運んで nimotsu／hakonde	地方／告訴我 ば しょ　　おし 場所／教えて basho／oshiete
使用方法／教 つか　かた　おし 使い方／教えて tsukaikata／oshiete	毛巾／更換 　　　　　か タオル／替えて taoru／kaete
掃／打 そう じ 掃除／して sooji／shite	床單／更換 　　　　　か シーツ／替えて shiitsu／kaete

Sentence 例句

請打掃房間。
へ や　　そう じ
部屋を掃除してください。
heya o soojishite kudasai.

請再給我一條毛巾。
タオルをもう1枚ください。
taoru o moo ichimai kudasai.

鑰匙不見了。
鍵をなくしました。
kagi o nakushimashita.

沒有開瓶器。
栓抜きがありません。
sennuki ga arimasen.

可以給我冰塊嗎？
氷はもらえますか。
koori wa moraemasuka.

電視故障了。
テレビが壊れています。
terebi ga kowarete imasu.

鬧鐘壞了。
目覚まし時計が壊れています。
mezamashidokee ga kowarete imasu.

我不知道怎麼使用淋浴器。
シャワーの使い方が分かりません。
shawaa no tsukaikata ga wakarimasen.

房間好冷。
部屋が寒いです。
heya ga samui desu.

我要英文報。
英語の新聞がほしいです。
eego no shinbun ga hoshii desu.

衣架不夠。
ハンガーが足りません。
hangaa ga tarimasen.

Note 03

ルームサービスお願いします。

我要客房服務。
* * * * * *

大聲唸！寫出來！

我要客房服務。

A：ルームサービスお願いします。
ruumu saabisu onegaishimasu.

您要點什麼呢？

B：ご注文は何になさいますか。
go chuumon wa nani ni nasaimasuka.

給我披薩跟一瓶可樂。費用請記在住宿費上。

A：ピザとコーラ一つお願いします。
お勘定は部屋につけておいてください。
piza to koora hitotsu onegaishimasu.
o kanjoo wa heya ni tsukete oite kudasai.

日本生活小知識

日本是個觀光大國，因此許多飯店，都是充滿了體驗日本文化的經驗。無論是
吃日式料理、懷石料理，喝日本酒、日本茶，欣賞日式餐廳的擺設、庭院。大
廳藝廊的書法、繪畫、傳統工藝品、現代藝術，都可以免費觀賞。

49

您好，這裡是服務台。
はい、フロントでございます。
hai, furonto de gozaimasu.

100號客房。
100号室です。
hyaku gooshitsu desu .

我要客房服務。
ルームサービスをお願いします。
ruumu saabisu o onegai shimasu.

給我一客披薩。
ピザを一つください。
piza o hitotsu kudasai.

需要等約30分，可以嗎？
30分ほどお待たせしますが、よろしいですか。
sanjuppun hodo omataseshimasuga, yoroshiidesuka.

我要送洗。
洗濯物をお願いします。
sentakumono o onegai shimasu.

早上6點請叫醒我。
朝6時にモーニングコール
をお願いします。
asa rokuji ni mooningu kooru o
onegai shimasu.

早上六點是嗎。好的。
朝6時ですね。かしこまりました。
asa rokuji desune. kashikomarimashita.

麻煩幫我按摩。
マッサージをお願いします。
massaaji o onegai shimasu.

想預約餐廳。

レストランの予約をしたいです。
resutoran no yoyaku o shitai desu.

想打國際電話。

国際電話をかけたいです。
kokusaidenwa o kaketai desu.

有毛毯嗎？

毛布はありますか。
moofu wa arimasuka.

毛毯在櫃子裡面。

毛布は戸棚の中にございます。
moofu wa todana no naka ni gozaimasu.

好用單字		
トイレットペーパー toiretto peepaa	／衛生紙
ドライヤー doraiyaa	／吹風機
シャンプー shanpuu	／洗髮精
リンス rinsu	／潤絲精
歯磨きセット hamigaki setto	／牙刷組合
シャワー shawaa	／淋浴

好用單字		
栓抜き sennuki	／開瓶器
ナイフ naifu	／刀子
枕 makura	／枕頭
布団 futon	／棉被
毛布 moofu	／毛毯

Note 04

お支払いはどうされますか。

請問刷卡還是付現？

 大聲唸！寫出來！

您利用過冰箱裡的東西嗎？

A： 冷蔵庫をお使いですか。
reezooko o otsukaidesuka.

沒有。

B： いいえ。
iie.

請問刷卡還是付現？

A： お支払いはどうされますか。
oshiharai wa doo saremasuka.

刷卡。

B： カードでお願いします。
kaado de onegaishimasu.

日本生活小知識

為了讓貴客能有充裕的時間，享受一頓豐富的早餐，一般飯店的退房時間都是在上午 10 點到 11 點。結帳時使用日圓現金，或國際通用信用卡支付都可以。

Sentence 例句

我要退房。
チェックアウトします。
chekku auto shimasu.

這是什麼？
これは何^{なん}ですか。
kore wa nan desuka.

沒有使用迷你吧。
ミニバーは利用^{りよう}していません。
minibaa wa riyooshite imasen.

請給我收據。
領収書^{りょうしゅうしょ}をください。
ryooshuusho o kudasai.

多謝關照。
お世話^{せわ}になりました。
osewa ni narimashita.

> **優惠房價，有時需要付現金喔！**
> 有些飯店會提供房價優惠方案，但必須現金支付，不能刷卡，請訂房時要先詢問清楚喔！

● 小知識

要付小費嗎？

在美國住飯店是要給小費的，那是因為服務人員都是拿最低工資，所以小費變成是他們主要的收入來源。但是，在日本住宿費裡已經包括服務費了，所以是不用再給小費的。

麻煩我要刷卡。
カードでお願いします。
kaado de onegai shimasu.

請簽名。
サインしてください。
sainshite kudasai.

麻煩確認一下。
確認をお願いします。
kakunin o onegaishimasu.

這樣可以的。
これでけっこうです。
kore de kekkoo desu.

您的費用已經收到了。
料金はもういただいております。
ryookin wa moo itadaite orimasu.

行李寄放到今天傍晚。
今日の夕方まで荷物を預かってください。
kyoo no yuugata made nimotsu o azukatte kudasai.

好用單字		
冷蔵庫 reezooko	／冰箱	
明細 meesai	／明細	
税金 zeekin	／稅金	
サービス料 saabisuryoo	／服務費	

好用單字		
ミニバー mini baa	／迷你酒吧	
領収書 ryooshuusho	／收據	
電話代 denwa dai	／電話費	

MEMO

Note 01

うな丼はいかがですか。半額になってますよ。

來份鰻魚蓋飯怎麼樣？半價喔。

 大聲唸！寫出來！

來份鰻魚蓋飯怎麼樣？半價喔。

A： うな丼はいかがですか。半額になってますよ。
unadon wa ikaga desuka. hangaku ni nattemasuyo.

給我兩份鰻魚蓋飯。

B： うな丼二つください。
unadon futatsu kudasai.

日本生活小知識

在日本，當然就要體驗一下日本美食文化了。特別是百貨地下街，一看到就口
水直流，咬了一口就驚為天人的平民美食了。各式便當、各類熟食、日本壽司
及中華料理等各種餐點都有，而且超便宜的喔。

▶ 替換單字

● ＿＿＿多少錢？

名詞 ＋ **数量** ＋いくらですか。
ikura desuka

豆沙糯米飯糰／兩個
おはぎ／二つ
ohagi／futatsu

麻薯／三個
おもち／三つ
omochi／mittsu

仙貝／一盒
お煎餅／一箱
o senbee／hitohako

紅豆烤餅／四個
どら焼き／四つ
dorayaki／yottsu

這個／一個
これ／一つ
kore／hitotsu

蘋果／一堆
りんご／一山
ringo／hitoyama

花／一束
花／一束
hana／hitotaba

茄子／一盤
ナス／一皿
nasu／hitosara

雨傘／一支
かさ／一本
kasa／ippon

刨冰／一份
かき氷／一つ
kakigoori／hitotsu

秋刀魚／一盤
さんま／一皿
sanma／hitosara

麻薯丸子／兩串
お団子／二串
o dango／futakushi

章魚小丸子／一盒
たこ焼き／一箱
takoyaki／hitohako

礦泉水／一瓶
ミネラルウォーター／1本
mineraru wootaa／ippon

葡萄／一盒
ぶどう／一箱
budoo／hitohako

罐裝啤酒／一罐
缶ビール／一つ
kan biiru／hitotsu

紙巾／一包
ティッシュ／一つ
tisshu／hitotsu

歡迎光臨。
いらっしゃいませ。
irasshaimase.

可以試吃嗎？
試食（ししょく）してもいいですか。
shishokushitemo ii desuka.

一個150日圓，三個400日圓。
一（ひと）つ150円（えん）、三（みっ）つ400円（えん）です。
hitotsu hyakugojuuen, mittsu yonhyakuen desu.

啊！真的啊！那，給我三個。
え、ほんとですか。じゃ、三（みっ）つください。
e, honto desuka. ja, mittsu kudasai.

這個請給我一盒。
これをワンパックください。
kore o wanpakku kudasai.

算我便宜一點嘛。
まけてくださいよ。
makete kudasaiyo.

再買一個。
もう一（ひと）つ買（か）います。
moo hitotsu kaimasu.

全部多少錢？
全部（ぜんぶ）でいくらですか。
zenbu de ikura deuska.

有沒有更便宜的？
もっと安（やす）いのはありますか。
motto yasuinowa arimasuka.

熟食區大到驚人

在百貨地下街，您能想到的熟食這裡都有，而且擺得都像樣品，為攜帶跟食用方便，有很多都是盒裝的。

這好吃嗎？

これは、おいしいですか。
kore wa oishii desuka.

來，還剩兩個，還剩兩個喔！

はい、あと二つ、あと二つだよ！
hai, ato futatsu, ato futatsudayo!

五點的限時特賣喔！

５時のタイムサービスだよ！
goji no taimu saabisudayo!

我在百貨地下街買家常菜。

デパ地下で惣菜を買います。
depachika de soozai o kaimasu.

晚餐要吃百貨地下街的家常菜。

夕食はデパ地下の惣菜にします。
yuushoku wa depachika no soozai ni shimasu.

可以做便宜又好吃的料理。

安くておいしい料理ができます。
yasukute oishii ryoori ga dekimasu.

味增湯怎麼喝？

拿起碗來，像用杯子喝水一樣，然後用筷子撈出裡面的湯料來吃。

● 小知識

美食導覽

日本美食雜誌，應有盡有，日本人幾乎人手一本的美食導覽，裡面刊載了所有知名餐廳的資訊以及目前推出的優惠等，含有許多讀者限定的優惠方案，與其去導覽書上介紹的知名餐廳，不如到日本當地發覺藏在巷弄裡的美食，會更加有趣喔！

Note 02

チーズバーガー二(ふた)つください。

給我兩個起司漢堡。

15 大聲唸！寫出來！

給我兩個起司漢堡。啊！還有炸薯條。

A： チーズバーガー二(ふた)つください。あ、ポテトも。
chiizu baagaa futatsu kudasai. a, poteto mo.

您飲料呢？

B： お飲(の)み物(もの)は。
o nomimono wa.

麻煩給我柳橙汁。

A： オレンジジュースをお願(ねが)いします。
orenji juusu o onegaishimasu.

日本生活小知識

日本速食店很多，價格也不貴，而且常常都有限定優惠價，不到 700 日圓就可以吃得很飽了。有些速食店還強調健康，漢堡裡包滿了蔬菜。

▶ 替換單字

● 給我＿＿＿＿。

名詞 ＋ください。 kudasai

漢堡 ハンバーガー hanbaagaa	可樂 コーラ koora	薯條 フライドポテト furaido poteto	熱狗堡 ホットドッグ hotto doggu
沙拉 サラダ sarada	果汁 ジュース juusu	咖啡 コーヒー koohii	蕃茄醬 ケチャップ kechappu

Sentence 例句

我要A套餐。
Ａセットにします。
ee setto ni shimasu.

好的。漢堡一個在加上A套餐是嗎。
はい、ハンバーガー一つにＡセット一つですね。
hai, hanbaagaa hitotsu ni ee setto hitotsu desune.

套餐的飲料您要點什麼？
セットのお飲み物はどれになさいますか。
setto no o nomimono wa dore ni nasaimasuka.

可樂中杯。
コーラはＭです。
koora wa emu desu.

您這裡用嗎？
こちらでお召し上がりですか。
kochira de omeshiagaridesuka.

在這裡吃。
ここで食べます。
koko de tabemasu.

外帶。
テイクアウトします。
teiku auto shimasu.

全部多少錢？
全部でいくらですか。
zenbu de ikura desuka.

請給我大的。
大きいのをください。
ookii noo kudasai.

我要附咖啡。
コーヒーを付けてください。
koohii o tsukete kudasai.

也給我砂糖跟奶精。
砂糖とミルクもください。
satoo to miruku mo kudasai.

有餐巾嗎？
ナプキンはありますか。
napukin wa arimasuka.

Note 03

お箸はおつけしますか。

需要筷子嗎？

16 大聲唸！寫出來！

歡迎光臨。晚安！

A： いらっしゃいませ、こんばんは！
irasshaimase, konbanwa!

晚安。

B： こんばんは。
konbanwa.

一共 980 日圓。需要筷子嗎？

A： お会計のほう 980 円になります。お箸はおつけ
しますか。
o kaikee no hoo kyuuhyaku hachijuu en ni narimasu. o hashi wa
otsuke shimasuka.

要。

B： お願いします。
onegaishimasu.

日本生活小知識

您知道日本的上班族，午餐平均花多少錢嗎？根據統計是 520 日圓。這個金額在超商就容易解決了。最近幾年，再加上大城市單身生活的人增多，讓利用超商的人也不斷增加。超商裡不管是麵包、泡麵、便當，還有熱開水，需要加熱時，跟店員說一聲，就幫您用微波加熱了，方便又省錢。

果汁在哪裡？

ジュースはどこですか。
juusu wa dokodesuka.

請給我70日圓的郵票。

70円切手をください。
nanajuuen kitte o kudasai.

這台影印機，我不知道怎麼使用？

このプリンター、使い方がよくわかりません。
kono purintaa, tsukaikata ga yoku wakarimasen.

10日圓可以印一張。

1枚10円でコピーができます。
ichimai juuen de kopii ga dekimasu.

便當要加熱嗎？

お弁当を温めますか。
o bentoo o atatamemasuka.

幫我加熱。

温めてください。
atatamete kudasai.

需要筷子嗎？

お箸はいりますか。
o hashi wa irimasuka.

需要湯匙嗎？

スプーンはいりますか。
supuun wa irimasuka.

您需要袋子嗎？

袋はご入用ですか。
fukuro wa go iriyoo desuka.

麻煩您。

お願いします。
onegai shimasu.

不，不需要。

いえ、けっこうです。

ie, kekkoo desu.

收您一千日圓。

1,000円お預かりします。

senen oazukari shimasu.

找您兩百日圓。

200円のおつりです。

nihyakuen no otsuri desu.

我用悠遊卡支付。

Suicaで払います。

suika de haraimasu.

請確認金額之後，再碰觸一下。

金額をご確認になって、タッチしてください。

kingaku o go kakunin ni natte, tacchi shite kudasai.

好用單字	コンビニ konbini	／便利商店
	レジ reji	／收銀台
	ジュース juusu	／果汁
	袋 fukuro	／袋子
	おつり otsuri	／零錢

好用單字	おまけ omake	／打折扣
	カップラーメン kappu raamen	／碗麵
	スナック菓子 sunakku gashi	／小點心
	ペットボトル petto botoru	／寶特瓶

Note 04

この近くにおいしい店はありますか。

這附近有好吃的店嗎？

 17 大聲唸！寫出來！

這附近有好吃的店嗎？

A：この近くにおいしい店はありますか。
kono chikaku ni oishii mise wa arimasuka.

有的。就在隔壁。

B：ございますよ。すぐ隣です。
gozaimasuyo. sugu tonari desu.

日本生活小知識

想到日本料理，第一個感覺就是「好貴喔！」，但只要您懂得多找多看多問，
一樣可以享受到物美價廉的食物。

▶ 替換單字

● 附近有＿＿＿嗎？

近<ruby>近<rt>ちか</rt></ruby>くに＋ 商店 ＋はありますか。
chikaku ni　　　　　　　　　wa arimasuka

拉麵店	壽司店	開放式咖啡店
ラーメン屋<ruby><rt>や</rt></ruby>	すし屋<ruby><rt>や</rt></ruby>	オープンカフェ
raamen ya	sushi ya	oopun kafe

家庭式餐廳	義大利餐廳
ファミリーレストラン	イタリア料理店
famirii resutoran	itaria ryoori ten

印度餐廳	中華料理店
インド料理店	中華料理店
indo ryoori ten	chuuka ryoori ten

牛丼店	烤肉店	日本料理店
牛丼屋	焼き肉屋	日本料理店
gyuudon ya	yakiniku ya	nihon ryoori ten

印度餐廳	迴轉壽司店
インド料理屋	回転ずし
indo ryoori ya	kaiten zushi

料亭（日本傳統料理店）	披薩店
料亭	ピザ屋
ryootee	piza ya

有炸蝦魚店嗎？
てんぷら屋はありますか。
tenpura ya wa arimasuka.

這裡是什麼時候開幕的？
ここはいつできましたか。
koko wa itsu dekimashitaka.

上個月開幕的。
先月オープンしました。
sengetsu oopun shimashita.

這家店如何？
この店はどうですか。
kono mise wa doo desuka.

這裡是大受女性朋友喜歡的拉麵店，經常很多人。
ここは女性に人気のラーメン屋で、いつも込んでいます。
koko wa josee ni ninki no raamen ya de, itsumo kondeimasu.

好吃嗎？
おいしいですか。
oishii desuka.

這家店很時尚，料理也好吃。
この店はおしゃれで、
料理もおいしいです。
kono mise wa oshare de,
ryoori mo oishiidesu.

這什麼好吃呢？
ここは何がおいしいですか。
koko wa naniga oishii desuka.

居酒屋也有實惠的午餐

別以為居酒屋只有晚上營業喔！居酒屋也有提供實惠的午間套餐，價位約 500 ～ 1,000 日圓不等。

這家店的義大利麵很有名，經常都排著長隊。

この店はパスタが人気で、
いつも長い行列ができています。

kono mise wa pasuta ga ninki de,
itsumo nagai gyooretsu ga dekite imasu.

價錢多少？

値段はどれくらいですか。

nedan wa dorekurai desuka.

料理好吃，但價格有些高。

料理はおいしいですが、値段が少し高いです。

ryoori wa oishiidesuga, nedan ga sukoshi takaidesu.

這家餐廳，景色很棒。

このレストランは、景色がすばらしいです。

kono resutoran wa, keshiki ga subarashiidesu.

你推薦什麼？

お勧めはなんですか。

osusume wa nandesuka.

你喜歡吃什麼樣的食物？

どんな食べ物が好きですか。

donnna tabemono ga sukidesuka.

● 小知識

看起來很貴的餐廳，午餐就比較便宜了

許多人氣餐廳，晚上的價位貴得嚇人，但是午餐
的價位就平民多了。而且食材和味道和晚餐都一
樣！所以利用午餐好好大快朵頤一番吧！

我喜歡有益健康的食物。
ヘルシーな食べ物が好きです。
herusii na tabemono ga sukidesu.

想吃壽司。
すしが食べたいです。
sushi ga tabe tai desu.

跟咖哩比起來，我比較想吃中國菜。
カレーより中華が食べたいです。
karee yori chuuka ga tabetaidesu.

我喜歡日本料理。
日本の料理が好きです。
nihon no ryoori ga sukidesu.

地方在哪裡？
場所はどこですか。
basho wa doko desuka.

也可以用網路預約。
インターネットで予約することもできます。
intaanetto de yoyaku surukoto mo dekimasu.

● 小知識

火車總站、大型百貨的地下街
跟我們台灣一樣，大火車站、大型百貨的地下街，也都有大型美食街，
可以在這裡低價嚐到美食喔！

70

Note 05

はい、レストラン「花」です。

「花」餐廳。您好。

18 大聲唸！寫出來！

「花」餐廳。您好。

A： はい、レストラン「花」です。
hai, resutoran "hana" desu.

我要預約今晚七點二人。

B： 今晩二人、7時で予約したいのですが。
konban futari, shichiji de yoyaku shitainodesuga.

我查一下。請稍等。

A： お調べします。少々お待ちいただけますか。
oshirabeshimasu. shooshoo omachi itadakemasuka.

好的。請問貴姓大名。

……かしこまりました。お名前をお願いします。
kashikomarimashita. o namae o onegaishimasu.

日本生活小知識

打電話到餐廳預約，感覺好難喔！其實，就是幾個重點囉！那就是人數、時間、挑選位子，還有自己的電話、姓名而已啦！

▶ 替換單字

● 在_____。

時間	＋で＋	人数	＋です。
	de		desu

今晚7點／兩人 こんばん じ ふたり 今晚７時／二人 konban shichiji／futari	明晚8點／四人 あした よる じ にん 明日の夜８時／４人 ashita no yoru hachiji／yonin
今天6點／三個人 きょう じ にん 今日の６時／３人 kyoo no rokuji／sannin	星期六8點／十個人 どようび じ にん 土曜日の８時／10人 doyoobi no hachiji／juunin

Sentence 例句

我想預約。
よやく ねが
予約をお願いします。
yoyaku o onegaishimasu.

我姓李。
り もう
李と申します。
ri to mooshimasu.

套餐多少錢？
コースはいくらですか。
koosu wa ikura desuka.

有個室嗎？
こしつ
個室はありますか。
koshitsu wa arimasuka.

請給我靠窗的座位。
窓側の席をお願いします。
madogawa no seki o onegai shimasu.

盡量是靠窗座位。
なるべく、窓側の席がいいです。
narubeku, madogawa no seki ga iidesu.

請告訴我怎麼去。
行き方を教えてください。
ikikata o oshiete kudasai.

請傳真地圖給我。
地図をファックスしてください。
chizu o fakkusu shite kudasai.

也有壽喜燒嗎？
すき焼きもありますか。
sukiyaki mo arimasuka.

也能喝酒嗎？
お酒も飲めますか。
o sake mo nomemasuka.

從車站很近嗎？
駅から近いですか。
eki kara chikai desuka.

那就麻煩您了。
よろしくお願いします。
yoroshiku onegai shimasu.

明天是休息日。
明日は定休日となっております。
asu wa teekyuubi to natte orimasu.

73

Note 06

高橋です。7時に予約してあります。

我是高橋。預約七點。

大聲唸！寫出來！

我是高橋。預約七點。

A： 高橋です。7時に予約してあります。

takahashi desu. shichiji ni yoyaku shite arimasu.

好的。讓我來確認您的預定。請稍等。

B： はい。お調べします。少々お待ちください。

hai. oshirabeshimasu. shooshoo omachi kudasai.

高橋先生是嗎。我來帶位。這邊請。

高橋様ですね。ご案内します。こちらへどうぞ。

takahashi sama desune. go annai shimasu. kochira e doozo.

日本生活小知識

到達餐廳，告訴服務人員，自己已有預約，姓名、人數、時間、挑選位子再說一次，就 OK 啦！

Sentence 例句

我姓李，預約7點。
李です。７時に予約してあります。
ri desu. shichiji ni yoyakushite arimasu.

四人。
４人です。
yonin desu.

四位客人，我來帶位。
４名様、ご案内します。
yonmeesama, go annai shimasu.

沒有預約。
予約してありません。
yoyakushite arimasen.

現在客滿了。
ただ今、満席です。
tada ima, manseki desu.

會等一些時間，您沒問題嗎？
少々お時間がかかりますが、よろしいですか。
shooshoo o jikan ga kakarimasuga, yoroshiidesuka.

要等多久？
どれくらい待ちますか。
dore kurai machimasuka.

有很多人嗎？
混んでいますか。
konde imasuka.

有非吸煙區嗎？
禁煙席はありますか。
kin enseki wa arimasuka.

75

那麼，我下次再來。
では、またにします。
dewa, mata ni shimasu.

那麼，我等。
では、待ちます。
dewa, machimasu.

請您在這裡排隊稍等一下。
こちらにお並びになってお待ちください。
kochira ni onarabini natte omachi kudasai.

您一位是嗎？
お一人様でいらっしゃいますか。
ohitorisama de irasshaimasuka.

按照號碼順序叫您。
順番にお呼びします。
junban ni oyobishimasu.

有靠窗的位子嗎？
窓際は空いていますか。
madogiwa wa aite imasuka.

● 小知識

芥末放在生魚片上

台灣人習慣把芥末跟醬油混在一起當作沾醬，但是日本人注重品嚐食材的原味，因此是用筷子把芥末放到生魚片上，再去沾醬油，醬油也不要沾太多，免得失去食物原有的風味。

請您找空位坐。

どうぞ、空いている席にお座りください。

doozo, aiteiru seki ni osuwari kudasai.

不好意思，我想換位子，可以嗎？

すみません、席を移りたいです。いいですか。

sumimasen, seki o utsuritaidesu. iidesuka.

您要點的餐點決定好了之後，請叫我。

注文が決まりましたらお呼びください。

chuumon ga kimarimashitara, oyobi kudasai.

好用單字

喫煙席 kitsuen seki	／吸煙區
個室 koshitsu	／包廂
満員 man' in	／席位已滿
空く aku	／有位子

好用單字

テーブル teeburu	／餐桌
カウンター kauntaa	／櫃臺
二人席 futari seki	／兩人座位
四人席 yonin seki	／四人座位

Note 07

えーっと、このＡをお願いします。

嗯！我要這個A餐。

 大聲唸！寫出來！

嗯！我要這個 A 餐。

A： えーっと、この Ａ をお願いします。
eetto, kono ee o onegaishimasu.

A 定食。好的。

B： Ａ 定食ですね。かしこまりました。
ee teeshoku desune. kashikomarimashita.

日本生活小知識

貼心的日本餐廳，通常在菜單上都有美美的食物照片，因此，點菜只要指著照片，就行啦！有些菜單上面會有數字，這時候就說號碼就可以了。

▶ **替換單字**

● 我要 _____ 。

料理 ＋にします。
ni shimasu

壽司 **すし** sushi	天婦羅套餐 **天ぷら定食** tenpura teeshoku	涮涮鍋 **しゃぶしゃぶ** shabushabu

壽喜燒 **すき焼き** sukiyaki	黑輪 **おでん** oden
鰻魚飯 **うな重** unajuu	烏龍麵 **うどん** udon
拉麵 **ラーメン** raamen	手捲 **手巻き** temaki
豬排飯 **カツ丼** katsudon	梅花套餐 **梅定食** ume teeshoku
A套餐 **Aコース** ee koosu	那個 **それ** sore

● 我要_____。

料理	+にします。
	ni shimasu

披薩	義大利麵
ピザ	スパゲッティ
piza	supagetti

燒賣	烤肉
シューマイ	焼き肉
shuumai	yakiniku

韓國泡菜	印度咖哩
キムチ	インドカレー
kimuchi	indo karee

北京烤鴨	牛排
北京ダック	ステーキ
pekin dakku	suteeki

三明治	蛋包飯
サンドイッチ	オムライス
sandoicchi	omu raisu

熱狗	咖哩飯
ソーセージ	カレーライス
soo see ji	karee raisu

給您濕毛巾。
おしぼりをどうぞ。
oshibori o doozo.

請給我菜單。
メニューを見せてください。
menyuu o misete kudasai.

我要點菜。
注文をお願いします。
chuumon o onegai shimasu.

推薦菜是什麼？
お勧め料理は何ですか。
osusume ryoori wa nan desuka.

今天的推薦菜是這道。
本日のお勧めはこちらです。
honjitsu no osusume wa kochira desu.

每一道菜都很推薦。
どちらもお勧めですよ。
dochira mo osusume desuyo.

最推薦櫻花定食。
桜定食が一番お勧めです。
sakura teeshoku ga ichiban osusume desu.

是現在最有人氣的喔！
今すごく人気ですよ。
ima sugoku ninki desuyo.

這是什麼樣的菜？
これは、どんな料理ですか。
kore wa, donna ryoori desuka.

81

是魚還是肉？
魚ですか。肉ですか。
sakana desuka. niku desuka.

有什麼點心？
デザートは、何がありますか。
dezaato wa, nani ga arimasuka.

什麼酒可以配這道菜？
これに合うお酒は？
kore ni au o sake wa?

那麼我要這個。
では、これにします。
dewa, kore ni shimasu.

還有，也要湯。

あと、スープもお願いします。
ato, suupu mo onegaishimasu.

麻煩兩個B套餐。

Bコースを二つ、お願いします。
bii koosu o futatsu, onegai shimasu.

您決定要點什麼菜了嗎？

お決まりになりましたか。
okimarini narimashitaka.

不，還沒有，有點不知道怎麼點。

いいえ、まだです。ちょっと迷ってます。
iie, madadesu. chotto mayottemasu.

不好意思，這個可以取消嗎？
あのう、これをキャンセルしてもいいですか。
anoo, kore o kyanseru shitemo iidesuka.

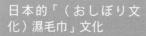
日本的「（おしぼり文化）濕毛巾」文化

「しぼり（搾）」，前面加上美化語「お」，表示日本的傳統、人情、真心關懷的體貼文化。從日本飯店、餐廳、俱樂部等，都會提供熱毛巾，夏天是涼毛巾，就可見一般了。

Note 08

どのワインがおすすめですか。

你推薦哪種葡萄酒呢？

 大聲唸！寫出來！

你推薦哪種葡萄酒呢？

A： どのワインがおすすめですか。
dono wain ga osusume desuka.

我推薦這瓶法國的。

B： このフランスのがおすすめです。
kono furansuno ga osusume desu.

日本生活小知識

點完主菜，就是點飲料了。服務生會問，飯前、飯後還是一起上呢？説到飲料就想到喝酒了。日本人喝酒時，會等到大家都就緒了，再一起喊「乾杯」，才開始喝，可不要在這之前先喝了喔。

▶ **替換單字**

● 飲料呢？

Q: お飲み物は？
o nomimono wa

● 給我＿＿＿＿。

A: 飲料 ＋をください。
o kudasai

烏龍茶	紅茶	咖啡
ウーロン茶	紅茶	コーヒー
uuroncha	koocha	koohii

柳橙汁	濃縮咖啡	卡布奇諾
オレンジジュース	エスプレッソ	カプチーノ
orenji juusu	esupuresso	kapuchiino

檸檬茶	奶茶	可樂	七喜
レモンティー	ミルクティー	コーラ	セブンアップ
remon tii	miruku tii	koora	sebunappu

檸檬汽水	咖啡歐雷
レモンサイダー	カフェオレ
remon' saidaa	kafe ore

冰紅茶	可可亞
アイスティー	ココア
aisu tii	kokoa

▶ **替換單字**

● 您要甜點嗎？

Q: デザートはいかがですか。
dezaato wa ikaga desuka

● 給我_____。

A: 甜點 ＋をください。
o kudasai

布丁	蛋糕	聖代
プリン purin	ケーキ keeki	パフェ pafe
冰淇淋	霜淇淋	日式櫻花糕點
アイスクリーム aisu kuriimu	ソフトクリーム sofuto kuriimu	桜餅 sakura mochi
羊羹	紅豆蜜	三色豆沙糯米糰子
ようかん yookan	あんみつ anmitsu	3色おはぎ sanshoku ohagi

Sentence 例句

您要點飲料嗎？
お飲み物はよろしいですか。
o nomimono wa yoroshiidesuka.

也有紅葡萄酒喔！
ワインもございますが。
wain mo gozaimasuga.

飲料請從這裡面挑選。
お飲み物は、こちらの中からお選びください。
o nomimono wa, kochira no naka kara oerabi kudasai.

85

要附奶精跟砂糖嗎？
ミルクと砂糖_{（さとう）}はつけますか。
miruku to satoo wa tsukemasuka.

麻煩只要砂糖就好。
砂糖_{（さとう）}だけ、お願_{（ねが）}いします。
satoo dake, onegai shimasu.

要幾個杯子？
グラスはいくつですか。
gurasu wa ikutsu desuka.

什麼時候為您上飲料呢？
お飲_{（の）}み物_{（もの）}はいつお持_{（も）}ちしましょうか。
o nomimono wa, itsu omochi shimashooka.

飲料跟餐點一起上，還是飯後送？

お飲_{（の）}み物_{（もの）}は食事_{（しょくじ）}と一緒_{（いっしょ）}ですか。
食後_{（しょくご）}ですか。
o nomimono wa shokuji to issho desuka.
shokugo desuka.

請飯後再上。

食後_{（しょくご）}にお願_{（ねが）}いします。
shokugo ni onegai shimasu.

麻煩一起送來。
一緒_{（いっしょ）}にお願_{（ねが）}いします。
issho ni onegai shimasu.

有什麼蛋糕呢？
ケーキはどんなのがありますか。
keeki wa donnano ga arimasuka.

不用了，不需要點心。

いえ、デザートはけっこうです。
ie, dezaato wa kekkoodesu.

您要續杯嗎？

おかわり、いかがですか。
okawari, ikagadesuka.

我咖啡要續杯。

コーヒーのおかわり、お願いします。
koohii no okawari, onegaishimasu.

啊！麻煩（幫我續杯）。

あ、お願いします。
a, onegaishimasu.

麻煩，能不能給我筷子？

すみません。お箸、いただけますか。
sumimasen. ohashi, itadakemasuka.

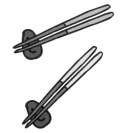

麻煩給我水。

お水、お願い。
o mizu, onegai.

好的，馬上給您端上。

はい、ただいま。
hai, tada ima.

● 小知識

日本倒酒文化

日本人喝酒時習慣彼此倒酒，而不是自己倒自己的。所以，喝酒時偶爾應該要看一下朋友的杯子，當他的杯子空的時候，要幫他倒酒。同樣的，如果有人想要幫您倒酒，您應該要趕緊喝光，再拿起杯子，讓對方幫您倒酒。

Note 09

すみません。お勘定お願いします。

麻煩你。我要結帳。

 22 大聲唸！寫出來！

麻煩你。我要結帳。

A： すみません。お勘定お願いします。
sumimasen. o kanjoo onegaishimasu.

您一起算嗎？

B： ごいっしょでいいですか。
go issho de iidesuka.

是的。

A： はい。
hai.

一共 2,500 日圓。

B： 2,500 円です。
nisen gohyaku en desu.

日本生活小知識

在日本，朋友或同學在一起吃飯，通常是各自付帳。這樣下次邀約的時候，也比較能隨性一些。不過，如果對方是長輩或有一定身份的人，往往由對方請客喔！

麻煩結帳。
お勘定をお願いします。
okanjoo o onegai shimasu.

以上金額，這樣沒問題嗎？
お会計は以上でよろしいですか。
o kaikee wa ijoo de yoroshiidesuka.

您一起算嗎？
ご一緒でよろしいですか。
go issho de yoroshiidesuka.

您個別結帳嗎？
お支払いは別々でよろしいでしょうか。
oshiharai wa betsubetsu de yoroshiideshooka.

我們各付各的。
別々でお願いします。
betsubetsu de onegai shimasu.

請一起結帳。
一緒でお願いします。
issho de onegai shimasu.

這張信用卡能用嗎？
このカードは使えますか。
kono kaado wa tsukaemasuka.

我要刷卡。
カードでお願いします。
kaado de onegai shimasu.

收您信用卡。
カードをお預かりします。
kaado o oazukari shimasu.

給您一萬日圓。
10,000円<ruby>円<rt>えん</rt></ruby>でお<ruby>願<rt>ねが</rt></ruby>いします。
ichiman'en de onegai shimasu.

我吃飽了。／謝謝您的招待。
ごちそう<ruby>様<rt>さま</rt></ruby>でした。
gochisoosama deshita.

味道還合您的胃口嗎？
お<ruby>味<rt>あじ</rt></ruby>はいかがでしたか。
o aji wa ikagadeshitaka.

真是好吃。
おいしかったです。
oishikatta desu.

您有使用停車場嗎？
<ruby>駐車場<rt>ちゅうしゃじょう</rt></ruby>のご<ruby>利用<rt>りよう</rt></ruby>はございますか。
chuushajoo no go riyoo wa gozaimasuka.

好用單字		
<ruby>注文<rt>ちゅうもん</rt></ruby> chuumon	／點菜	
<ruby>費用<rt>ひよう</rt></ruby> hiyoo	／費用	
<ruby>現金<rt>げんきん</rt></ruby> genkin	／現金	
<ruby>払<rt>はら</rt></ruby>う harau	／付錢	

好用單字		
クレジットカード kurejitto kaado	／信用卡	
レジ reji	／收銀台	
サービス<ruby>料<rt>りょう</rt></ruby> saabisu ryoo	／服務費	
おつり otsuri	／零錢	

● 小知識

お菓子

饅頭：外皮是麵粉做成，多半是紅豆餡，用蒸的方式做成的甜點。是日本最常見的點心，配合各種場合衍生出許多不同的變化。

鹿の子：用紅豆餡把麻糬包住，再用煮過的甜紅豆等豆子包在紅豆餡外面，因為看起來像小鹿身上的花紋，於是有了這個名字。

わらびもち：以蕨類的澱粉成分與水、砂糖一起調和做成的透明軟糕，外層裹上「きなこ」（黃豆粉）之後，就是夏天最消暑的點心了。

大福：類似台灣的湯圓；用麻糬皮把紅豆餡包起來的一種點心，在台灣也非常受歡迎。

団子：用搗成粉的米加上水和成的團子，可以沾上各種配料，做成不同口味的點心，最常見的有「醬油団子」還有紅白綠三色的「花見団子」。

羊羹：多半以紅豆為餡料，用寒天凝固成果凍狀的點心。在台灣也很常見。

最中：外皮用糯米漿烤成的薄餅乾，內餡多半也是紅豆，用薄餅乾夾起來，口感酥脆、不會過甜，很適合一邊喝茶一邊享用的點心。

どら焼き：也就是銅鑼燒。

たい焼き：鯛魚燒，類似台灣的紅豆餅，只是做成了鯛魚的形狀。

練り切り：以豆餡跟糖為基底，用手做出各種精美形狀的傳統點心，師傅們常常依季節做出許多不同的花樣，賞心悅目而且可口。

煎餅：台灣音譯成「仙貝」的烤製零嘴，多半是醬油調味，或加上海苔來增加風味。

落雁：米磨成的粉加上麥芽糖或砂糖，在用模型壓制後陰乾製成的點心。類似綠豆糕。

桜餅：用糯米粉做的外皮，裡面包紅豆餡，外面包上一張用鹽醃過的櫻花葉，很受日本一般大眾喜愛。

Note 01

山手線に乗り換えてください。

你要改搭山手線。

大聲唸！寫出來！

上野

我想去上野。

A： 上野へ行きたいんですけど。

ueno e iki tain desukedo.

嗯，請搭橫須賀縣到東京，再改搭山手線。

B： ええと、横須賀線で東京まで行って、
山手線に乗り換えてください。

eeto, yokosukasen de tookyoo made itte,
yamanotesen ni norikaete kudasai.

日本生活小知識

日本電車遍佈日本列島，交通十分發達。從只有兩節車廂的地方電車，到最高運行時時速 300KM 的新幹線，應有盡有。不僅如此，有些電車，午夜還設有女性專用車廂。夏天還專為怕冷的乘客，設有弱冷氣車廂。

▶ 替換單字

● 我想到＿＿＿＿。

場所 ＋まで行きたいです。
made ikitai desu

新宿 しんじゅく **新宿** shinjuku	台場 だいば **お台場** o daiba

東京灣 とうきょうわん **東京湾** tookyoo wan	淺草 あさくさ **浅草** asakusa	東京鐵塔 とうきょう **東京タワー** tookyoo tawaa

富士電視 **フジテレビ** fuji terebi	澀谷車站 しぶやえき **渋谷駅** shibuya eki

原宿車站 はらじゅくえき **原宿駅** harajuku eki	上野 うえの **上野** ueno	銀座 ぎんざ **銀座** ginza

青山一丁目 あおやまいっちょうめ **青山一丁目** aoyama icchoome	六本木 ろっぽんぎ **六本木** roppongi

羽田 はねだ **羽田** haneda	品川 しながわ **品川** shinagawa

Sentence 例句

終點立川到了。
終点、立川です。
shuuten, tachikawa desu.

將要關門。
ドアが閉まります。
doa ga shimarimasu.

請往裡面走。
中ほどにお進みください。
naka hodo ni osusumi kudasai.

從這裡到新宿很遠嗎？
新宿はここから遠いですか。
shinjuku wa koko kara tooidesuka.

不遠，從這裡算起第三站喔。
いいえ、ここから三つ目ですよ。
iie, koko kara mittsume desuyo.

想去赤坂。
赤坂まで行きたいです。
akasaka made iki tai desu.

在哪裡下車好呢？
どこで降りればいいですか。
doko de orireba ii desuka.

下一班電車幾點？
次の電車は何時ですか。
tsugi no densha wa nanji desuka.

秋葉原車站會停嗎？
秋葉原駅にとまりますか。
akihabara eki ni tomarimasuka.

不要造成別人困擾

日本為了維護車廂安寧，而禁駛使用手機講電話。「不要造成別人困擾」是最基本的精神。

在品川車站換車嗎？
品川駅で乗り換えますか。
shinagawa eki de norikaemasuka.

下一站是哪裡？
次の駅はどこですか。
tsugino eki wa doko desuka.

在哪裡換車？
どこで乗り換えますか。
doko de norikaemasuka.

這輛電車往東京嗎？
この電車は、東京に行きますか。
kono densha wa, tookyoo ni ikimasuka.

請問，這輛電車停靠「駒澤大學」嗎？
すみません、この電車は「駒沢大学」
に止まりますか。
sumimasen, kono densha wa "komazawa daigaku"
ni tomarimasuka.

不，不停。
いえ、止まりません。
ie, tomarimasen.

這是快車。
これは急行です。
kore wa kyuukoo desu.

請搭慢車。
各駅停車に乗ってください。
kakueki teesha ni notte kudasai.

我想寄放行李。
荷物を預けたいのですが。
nimotsu o azuke taino desuga.

請利用那裡的投幣式自動保管箱。
あそこのコインロッカーを使ってください。
asoko no koin rokkaa o tsukatte kudasai.

請先投錢。
まずお金を入れてください。
mazu o kane o irete kudasai.

然後按密碼。
それから、暗証番号を入れてください。
sore kara, anshoo bangoo o irete kudasai.

好用單字		
車 kuruma	／車子
新幹線 shinkansen	／新幹線
電車 densha	／電車
バス basu	／公車
三輪車 sanrinsha	／三輪車
連絡船 renraku sen	／連絡船
タクシー takushii	／計程車
パトカー patokaa	／警車
消防車 shooboosha	／消防車

好用單字		
バイク baiku	／機車
自転車 jitensha	／腳踏車
トラック torakku	／貨車
船 fune	／船
フェリー ferii	／遊艇
飛行機 hikooki	／飛機
ヘリコプター herikoputaa	／直昇機
ボート booto	／小船
モノレール monoreeru	／單軌電車

Note 02

そのブザーを押してください。

按一下那個下車鈴。
‧‧‧‧‧‧‧‧‧‧

 24 大聲唸！寫出來！

對不起，剛才的廣播我聽不懂，區公所還沒到嗎？

A： ちょっとすみません。今の放送は分からなかったんですが、市役所はまだですか。

chotto sumimasen. ima no hoosoo wa wakaranakattandesuga, shiyakusho wa mada desuka.

啊，是下一站。你按一下那個下車鈴。

B： あ、次ですよ。そのブザーを押してください。

a, tsugi desuyo. sono buzaa o oshite kudasai.

日本生活小知識

在東京，電車沒有停站的地方，公車都會到。因此，搭公車可以走遍日本大街小巷，是另一種觀察日本庶民生活的好選項喔！日本公車車費有兩種，一種是不管搭乘距離多遠，都是一樣的車資。一種是按搭乘的距離收費。

公車站在哪裡？
バス停<ruby>停<rt>てい</rt></ruby>はどこですか。
basutee wa doko desuka.

這台公車去東京車站嗎？
このバスは東京駅へ行きますか。
kono basu wa tookyoo eki e ikimasuka.

有往澀谷嗎？
渋谷へは行きますか。
shibuya e wa ikimasuka.

「代代木公園」在道路的對面。
「代々木公園」は通りの反対側ですよ。
"yoyogi kooen" wa toori no hantaigawa desuyo.

幾號公車能到？
何番のバスが行きますか。
nanban no basu ga ikimasuka.

東京車站在第幾站？
東京駅はいくつ目ですか。
tookyoo eki wa ikutsume desuka.

在哪裡下車呢？
どこで降りたらいいですか。
doko de oritara ii desuka.

車子停了，再離席下車

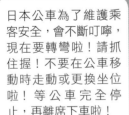
日本公車為了維護乘客安全，會不斷叮嚀，現在要轉彎啦！請抓住握！不要在公車移動時走動或更換坐位啦！等公車完全停止，再離席下車啦！

到了請告訴我。
着いたら教えてください。
tsuitara oshiete kudasai.

多少錢？
いくらですか。
ikura desuka.

收一千塊日幣嗎？
1,000円札でいいですか。
sen'en satsu de ii desuka.

請拿整理券。
整理券をお取りください。
seeriken o otori kudasai.

不好意思，我沒有零錢。
すみません、細かいのがないです。
sumimasen, komakaino ga naidesu.

請把千圓鈔插入這裡面。
ここに1,000円札を入れてください。
koko ni sen'en satsu o irete kudasai.

找的零錢就會出來。
おつりが出ます。
otsuri ga demasu.

小孩多少錢？
子供はいくらですか。
kodomo wa ikura desuka.

利用「月票」比較便宜

搭電車上班、上學可以
利用「月票」，月票分1、
3、6個月；至於公車，
有些市營公車會發售區
間的票價，乘坐全部路
線的全程月票。

 ●小知識

按距離收費公車，搭乘方法

上車後，先取一張整理券（上面會有數字），下車時看一下車子前面的
電子板，上面會有 1,2,3…數字，數字下面有對應的車費，你的整理券是
幾號，它所對應的數字，就是車資啦！ 如果忘記拿整理券，就要支付從
始發站起價的車費喔！

小孩子是半價，尾數四捨五入。

子供は半額で、端数は切り上げになります。

kodomo wa hangaku de, hasuu wa kiriage ni narimasu.

請車子停穩之後，再從座位上站起來。

バスが停車してから席をお立ちください。

basu ga teesha shite kara seki o otachi kudasai.

為了防止車內事故的發生，請停車時再更換座位。

車内事故防止のため、
席の移動は停車中にお願いします。

shanai jiko booshi no tame,
seki no idoo wa teesha chuu ni onegaishimasu.

請抓好。

おつかまりください。

otsukamari kudasai.

好用單字	路線図 rosenzu	／路線圖
	行き iki	／往
	乗車券 jooshaken	／乘車券
	ドア doa	／門

好用單字	次 tsugi	／下一站
	優先席 yuusen seki	／博愛座
	つり革 tsurikawa	／吊環
	揺れる yureru	／搖晃

Note 03

駅までお願いします。

我要到車站。

25 大聲唸！寫出來！

我要到車站。

A：駅までお願いします。
eki made onegaishimasu.

到車站是嗎。好的。

B：駅までですね。わかりました。
eki made desune. wakarimashita.

到了。一共 4,200 日圓。

着きました。4,200 円です。
tsukimashita. yonsen nihyaku en desu.

給你。

A：どうぞ。
doozo.

收您 5,000 日圓。找您 800 日圓。

B：5,000 円お預かりします。800 円のおつりです。
gosen'en oazukari shimasu. happyaku en no otsuri desu.

日本生活小知識

如果您在地圖上找不到自己要去的地方，因而不能搭電車或公車的話，可以選擇計程車，只是計程車花費比較高，還是能省則省吧！日本計程車的特色是左邊車門會自動打開，也會自動關閉，您完全不用動手喔！

● 請到_____。

場所 ＋までお願いします。
made onegai shimasu

王子飯店	上野車站	這裡(拿紙給對方看)
プリンスホテル	上野駅 うえ の えき	ここ （紙を見せる） かみ み
purinsu hoteru	ueno eki	koko (kami o miseru)

成田機場	六本木新城	國立博物館
成田空港 なり た くうこう	六本木ヒルズ ろっぽん ぎ	国立博物館 こくりつはくぶつかん
narita kuukoo	roppongi hiruzu	kokuritsu hakubutsukan

Sentence 例句

客人您是哪一國人？
お客さん、どちらから？
きゃく
okyakusan, dochirakara?

請把我的行李放到後車箱。
荷物をトランクに入れてください。
に もつ い
nimotsu o toranku ni irete kudasai.

到那裡要花多少時間？
そこまでどれくらいかかりますか。
soko made dore kurai kakarimasuka.

路上塞車嗎
道は混んでいますか。
みち こ
michi wa konde imasuka.

請向右轉。
右に曲がってください。
migi ni magatte kudasai.

前面右轉。
その先を右へ。
sono saki o migi e.

請在第三個轉角左轉。
三つ目の角を左へ曲がってください。
mittsu me no kado o hidari e magatte kudasai.

請在下一個轉角右轉。
次の角を右に曲がってください。
tsugi no kado o migi ni magatte kudasai.

請直走。
まっすぐ行ってください。
massugu itte kudasai.

麻煩，請開快一點。
すみません、ちょっと急いでください。
sumimasen, chotto isoide kudasai.

要停在哪裡呢？
どのへんで止めますか。
dono hen de tomemasuka.

停在這附近就好嗎？
この辺でいいですか。
kono hen de iidesuka.

停在下一個紅綠燈附近就好。
この次の信号のあたりでいいです。
kono tsugi no shingoo no atari de iidesu.

請在那裡停車。
そこで止めてください。
soko de tomete kudasai.

好的，就停這裡。
はい、けっこうです。
hai, kekkoodesu.

Note 04

すみません、南口の交番はどこですか。

請問一下，南口的派出所在哪裡？

 大聲唸！寫出來！

請問一下，南口的派出所在哪裡？

A：すみません、南口の交番はどこですか。
sumimasen, minamiguchi no kooban wa doko desuka.

嗯！走出剪票口，再往右走會有百貨公司。派出所在百貨公司的隔壁。

B：ええと、改札口を出て、右へ行くとデパートが
あります。交番はデパートの隣にあります。
eeto, kaisatsuguchi o dete, migi e iku to depaato ga arimasu.
kooban wa depaato no tonari ni arimasu.

日本生活小知識

真的迷路了，就面帶笑容有禮貌地詢問日本人了。透過問路可以增強日語實力，
等於是直接跟日本人學日語啦！原汁原味的日語，很難得的。

▶ 替換單字

● _____嗎？

名詞	＋は＋	形容詞	＋ですか。
	wa		desuka

車站／遠	那裡／近	那條道路／寬廣
駅／遠い	そこ／近い	その道／広い
えき／とお		みち／ひろ
eki／tooi	soko／chikai	sono michi／hiroi

前往方式／困難	道路／容易辨認
行き方／難しい	道／わかりやすい
い／かた／むずか	みち
ikikata／muzu kashii	michi／wakari yasui

Sentence 例句

我迷路了。
道に迷いました。
みち／まよ
michi ni mayoi mashita.

請告訴我車站怎麼走？
駅への道を教えてください。
えき／みち／おし
eki eno michi o oshiete kudasai.

對不起，可以請教一下嗎？
すみませんが、ちょっと教えてください。
おし
sumimasen ga, chotto oshiete kudasai.

現在位置在這張地圖的哪裡呢？
今いるところはこの地図のどこですか。
いま／ちず
ima iru tokoro wa kono chizu no doko desuka.

去派出所問問看吧！
交番で聞いてみましょう。
kooban de kiite mimashoo.

這裡是幾樓？
ここは何階ですか。
koko wa nangai desuka.

這裡是地下一樓。
ここは地下1階です。
koko wa chika ikkai desu.

那棟大樓是什麼？
あのビルは何ですか。
ano biru wa nandesuka.

那是區公所。
あれは市役所です。
are wa shiyakusho desu.

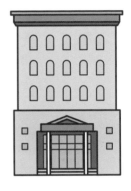

南口在哪邊？
南口はどっちですか。
minamiguchi wa docchi desuka.

有百貨公司的那一邊。
デパートがある方です。
depaato ga aru hoo desu.

就在這前面喔！
すぐ、この先ですよ。
sugu, kono saki desuyo.

上野車站在哪裡？
上野駅はどこですか。
ueno eki wa doko desuka.

新宿要怎麼走呢？
新宿は、どう行けばいいですか。
shinjuku wa, doo ikeba ii desuka.

請沿這條路直走。
この道をまっすぐ行ってください。
kono michi o massugu itte kudasai.

請在下一個紅綠燈右轉。
次の信号を右に曲がってください。
tsugi no shingoo o migi ni magatte kudasai.

上野車站在左邊。
上野駅は左側にあります。
ueno eki wa hidarigawa ni arimsu.

南邊是哪一邊？
南はどちらですか。
minami wa dochira desuka.

自行車防犯登記

在日本買自行車時，必須要做防犯登記，費用是 500 日圓。購買時在自行車行辦理就可以了。

 ● 小知識

日本全國大移動

日本全國大移動的時間有 4 月 29 日到 5 月 5 日的，返鄉探親、旅行高峰的黃金週、8 月中旬的盂蘭盆節及年底新年，交通十分擁擠。

Note 01

お台場には、どうやって行きますか。

台場要怎麼去呢？

 大聲唸！寫出來！

台場要怎麼去呢？

A： お台場には、どうやって行きますか。
o daiba niwa, doo yatte ikimasuka.

請在新橋改搭百合海鷗線。那裡算起第六站。

B： 新橋でゆりかもめに乗り換えてください。
そこから六つめです。
shinbashi de yurikamome ni norikaete kudasai.
soko kara muttsume desu.

日本生活小知識

在日本迷路時，可以到附近的派出所詢問警察。派出所裡都會有附近詳細的地圖。警察也會親切的教您如何到達目的地。

▶ **替換單字**

● 請問，往<u>台場</u>的是<u>這個月台</u>嗎？

すみません、 お台場 は このホーム ですか。
sumimasen, odaiba wa kono hoomu desuka.

銀行／在車站前面	緊急出口／這裡
銀行／駅の前	非常口／ここ
ginkoo／eki no mae	hijooguchi／koko
廁所／哪裡	小賣店／哪裡
トイレ／どこ	売店／どちら
toire／doko	baiten／dochira

● 請給我到<u>名古屋</u>的<u>車票</u>。

名古屋までの 乗車券 をください。
nagoya made no jooshaken o kudasai.

特急票	回數票
特急券	回数券
tokkyuuken	kaisuuken
月票	學生月票
定期券	学割券
teekiken	gakuwariken
來回票	周遊券
往復乗車券	周遊券
oofuku jooshaken	shuuyuuken

● 請在<u>品川</u>換車。

しながわ　の　か
品川で乗り換えてください。
shinagawa de norikaete kudasai.

新宿 しんじゅく **新宿** shinjuku	東京 とうきょう **東京** tookyoo	渋谷 しぶや **渋谷** shibuya	京都 きょうと **京都** kyooto

大阪 おおさか **大阪** oosaka	九州 きゅうしゅう **九州** kyuushuu

Sentence 例句

請問一下。
あのう、ちょっと伺いますが。
うかが
anoo, chotto ukagaimasuga.

請問，這是山手線嗎？
あのう、これは山手線ですか。
やまのてせん
anoo, kore wa yamanotesen desuka.

往橫濱的電車是哪一輛？
横浜行きの電車はどれですか。
よこはま　ゆ　　　でんしゃ
yokohama yuki no densha wa dore desuka.

不，這是中央線。
いえ、これは中央線です。
ちゅうおうせん
ie, kore wa chuuoosen desu.

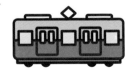

嗯！往橫濱的在一號月台。
ええと、横浜行きは、1番ホームです。
eeto, yokohama yuki wa, ichiban hoomu desu.

Narita-Express跟Skyliner，那種電車比較快到呢？
成田エクスプレスとスカイライナーと、どちらが早く着きますか。
narita ekusupuresu to sukai rainaa to, dochira ga hayaku tsukimasuka.

在御茶水換車比較方便喔！
御茶ノ水で乗り換えるのが便利ですよ。
ochanomizu de norikaeruno ga benri desuyo.

請問，可以用悠遊卡嗎？
あのう、Suica使えますか。
anoo, suika tsukaemasuka.

很抱歉，不能使用。

すみません、ご利用いただけません。
sumimasen, go riyoo itadakemasen.

請坐山手線到品川，然後轉搭東海道線。
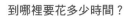
山手線で、品川まで行って、
東海道線に乗り換えてください。
yamanotesen de, shinagawa made itte,
tookaidoosen ni norikaete kudasai.

到哪裡要花多少時間？
そこまでどのくらいかかりますか。
soko made dono kurai kakarimasuka.

大約十分鐘到達。
10分ぐらいで着きます。
juppun gurai de tsukimasu.

我明白了，謝謝您！
わかりました。ありがとうございました。
wakarimashita. arigatoo gozaimashita.

Note 01

ここはどうですか。新しいマンションですよ。

這裡如何？新的公寓大廈喔！

28 大聲唸！寫出來！

這裡如何？新的公寓大廈喔！

A：ここはどうですか。新しいマンションですよ。
koko wa doo desuka. atarashii manshon desuyo.

啊！很漂亮啊！

B：あ、立派ですね。
a, rippa desune.

日本生活小知識

租房子，首先考慮的是租金，接下來是希望條件。至於怎麼收集情報呢？首先，當然是詢問認識的人，例如前輩、朋友、親戚囉！接下來，問學校或是上網，看留學生情報誌。最後，直接到不動產公司，看房屋出租廣告，方法很多。

▶ **替換單字**

● 有房間嗎？

部屋がありますか。
heya ga arimasuka.

木造公寓	透天厝	鋼筋水泥公寓	組合式公寓
アパート	**一軒屋**	**マンション**	**コーポ**
apaato	ikken'ya	manshon	koopo

● 6疊大小一房。

6疊の一間です。
rokujo no hitoma desu.

4疊	8疊	12疊	5坪
4疊	**8疊**	**12疊**	**5坪**
yon joo	hachi joo	juuni joo	go tsubo

12平方公尺		24平方公尺	
12平方メートル		**24平方メートル**	
12 heehoo meetoru		24 heehoo meetoru	

● 沒有附廁所。

トイレがついていません。
toire ga tsuite imasen.

廚房	浴室	冷氣
台所	**お風呂**	**クーラー**
daidokoro	ofuro	kuuraa
家具	電視	電話
家具	**テレビ**	**電話**
kagu	terebi	denwa

▶ 替換單字

● 附近有<u>超市</u>。

近_{ちか}くに スーパー があります。
chikaku ni suupaa ga arimasu.

地鐵 地下鉄_{ち か てつ} chikatetsu	公車站 バス停_{てい} basutee	醫院 病院_{びょういん} byooin	洗衣店 クリーニング kuriiningu
便利商店 コンビニ konbini	學校 学校_{がっこう} gakkoo	銀行 銀行_{ぎんこう} ginkoo	郵局 郵便局_{ゆうびんきょく} yuubinkyoku

Sentence 例句

 我在找木造公寓。
アパートを探_{さが}しているのですが。
apaato o sagashite iru no desuga.

 你預算多少呢？
ご予算_{よ さん}はいくらですか。
go yosan wa ikura desuka.

 5萬日圓左右。
5万円_{ご まんえん}くらいです。
go man'en kurai desu.

 這個房間如何呢？
この部屋_{へ や}はどうですか。
kono heya wa doo desuka.

一間和室六疊。
6畳一間です。
roku joo hitoma desu.

12疊有廚房跟廁所。
12畳に台所とトイレがついています。
juuni joo ni daidokoro to toire ga tsuite imasu.

有浴室跟廁所。
バスとトイレは付いています。
basu to toire wa tsuite imasu.

沒有浴室。
お風呂はついていません。
o furo wa tsuite imasen.

附近有公共澡堂。
近くに銭湯があります。
chikaku ni sentoo ga arimasu.

很便宜離車站又近喔！
安くて駅から近いですよ。
yasukute eki kara chikaidesuyo.

日本不動產的出租廣告
一般都有出租房屋價格，
跟房間示意圖。不動產
大都在車站前面。

 ● 小知識

租金跟租房標準條件有哪些
可以租多少錢的房子，那就從扣掉自己的吃飯錢、
書籍、水電、通信等生活必須費用，來確定囉！
至於希望條件，就從房間大小、廚房及廁所的有
無、交通的便利性等優先順序來尋找了。

離小學很近嗎？
小学校は近いですか。
shoogakkoo wa chikaidesuka.

超商跟郵局就在附近。
すぐそばにコンビニや郵便局があります。
sugu soba ni konbini ya yuubinkyoku ga arimasu.

是朝南的房間。
南向きのお部屋です。
minami muki no o heya desu.

離車站有些遠，但是公車站就在家門前。
駅はちょっと遠いですが、バス停は家の前です。
eki wa chotto tooidesuga, basutee wa ie no mae desu.

因為靠近車站，很方便喔！
駅に近いから、便利ですよ。
eki ni chikai kara, benri desuyo.

又新又寬喔！
新しくて広いですよ。
atarashikute hiroi desuyo.

不錯的房間喔！
いい部屋ですよ。
ii heya desuyo.

房租要多少？
家賃はいくらですか。
yachin wa ikura desuka.

一個月六萬日圓。
ひと月、6万円です。
hitotsuki, rokuman'en desu.

要禮金跟押金嗎？
礼金と敷金はいりますか。
reekin to shikikin wa irimasuka.

押金的作用

租屋期間，如果損壞
或弄髒房子，就會被
扣除押金做為賠償。
因此，搬離時，最好
把房子打掃乾淨！

押金要兩個月，但不要禮金。

敷金（しききん）は２か月（げつ）いりますが、
礼金（れいきん）はいりません。

shikikin wa nikagetsu irimasuga,
reekin wa irimasen.

押金要兩個月。

敷金（しききん）は２か月（げつ）です。

shikikin wa nikagetsu desu.

押金以後會退回來。

敷金（しききん）はあとで返（かえ）ってきます。

shikikin wa atode kaette kimasu.

好像不錯。

よさそうですね。

yosasoodesune.

一定要實地看房
房子的內部照片，都會
最大限度表現出寬敞跟
明亮來。而且實際看房
才能知道周遭的環境。

我想看一下裡面。

中（なか）が見（み）たいです。

naka ga mitaidesu.

那麼，請讓我看一下房子。

では、部屋（へや）を見（み）せてください。

dewa, heya o misete kudasai.

有沒有再便宜點的房間？

もっと安（やす）い部屋（へや）はありませんか。

motto yasui heya wa arimasenka.

● 小知識

用照片保留房子最原始現況

由於損壞或弄髒房子，就會被扣除押金。所以請在搬進去之前拍下房子最
原始現況做以後搬離時的證明「げんじょうかいふくぎむ（原狀回復義
務）」（日本民法第 545、546 條規定）。另外，如果沒有經過房東的許可，
是不可以擅自改變房間格局的。

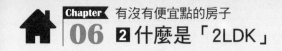
Note 02

ペットは<ruby>飼<rt>か</rt></ruby>っても<ruby>大丈夫<rt>だいじょうぶ</rt></ruby>ですか。

可以養寵物嗎？

* * * * * *

 大聲唸！寫出來！

可以養寵物嗎？

A：ペットは<ruby>飼<rt>か</rt></ruby>っても<ruby>大丈夫<rt>だいじょうぶ</rt></ruby>ですか。

petto wa kattemo daijoobudesuka.

規定是不可以的。

B：<ruby>不可<rt>ふか</rt></ruby>となっています。

fuka to natte imasu.

日本生活小知識

租屋要注意的有：確認廚房的大小，用起來是否方便；騎自行車 10 分鐘就能到商店街；到學校或上班地點的距離在一個小時以內；到最近的車站在 20 分鐘以內；附近有便利商店；附近有無醫院跟藥房。

▶ 替換單字

● 「2LDK」是什麼意思？

「2LDK」って？
"ni erudiikee" tte?

押2 敷2 shiki ni	禮1 礼1 ree ichi	西式房間 洋間 yooma
和室 和室 washitsu	水沖 水洗 suisen	走路五分 徒歩5分 toho gofun

● 電費另付。

電気代 は別に払います。
denkidai wa betsu ni haraimasu.

瓦斯費 ガス代 gasudai	水費 水道料金 suidoo ryookin	公共費用 共益費 kyooekihi	管理費 管理費 kanrihi

● 也有附浴室的房子喔！

風呂付き の部屋もありますよ。
furotsuki no heya mo arimasuyo.

附廁所 トイレ付き toire tsuki	附淋浴 シャワールーム付き shawaa ruumu tsuki
附家具 家具付き kagu tsuki	附冷氣 クーラー付き kuuraa tsuki

「便所」是廁所的意思。
「便所」はトイレのことです。
"benjowa" toire no kotodesu.

緣側是走廊的意思。
縁側とは、廊下のことです。
engawa towa, rooka no kotodesu.

「禮2」是指禮金為2個月的房租。
「礼2」は礼金が2か月分の家賃のことです。
"ree ni" wa reekin ga nikagetsu bun no yachin no koto desu.

房東人很好喔！
大家さんはいい人ですよ。
ooya san wa iihito desuyo.

這是房東的電話。
これが大家さんの電話番号です。
kore ga ooya san no denwa bangoo desu.

這是那間公寓的地圖。
これがそのアパートの地図です。
kore ga sono apaato no chizu desu.

禮金會退回來嗎？

禮金是不會退回的。
但，最近也有一些房子
不收禮金，甚至不收押
金的喔！

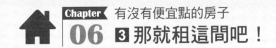
Note 03

この部屋はいかがですか。

這個房間怎麼樣？

 30 大聲唸！寫出來！

這個房間怎麼樣？

A： この部屋はいかがですか。
kono heya wa ikaga desuka.

讓我想一下。我要這租一間。

B： そうですね、この部屋にします。
soo desune, kono heya ni shimasu.

日本生活小知識

簽契約時，要認真閱讀、理解合約。要確認除了房租以外，每月還需要付哪些費用。除此之外，還要有日本籍的保證人，保證人可以拜託學校或公司。也有付錢給保證公司的作法。

▶ **替換單字**

● 我要更寬敞的。

もっと 広い のがほしいんです。
motto hiroi no ga hoshiin desu.

明亮的 明るい akarui	大的 大きい ookii	近的 近い chikai

● 請在這裡填上住址。

ここに ご住所 を書いてください。
koko ni go juusho o kaite kudasai.

姓名 お名前 o namae	電話號碼 お電話番号 o denwa bangoo	出生年月日 生年月日 seenengappi	通訊處 連絡先 renrakusaki

---

Sentence 例句

這樣寫可以嗎？
これはいかがですか。
kore wa ikaga desuka.

我決定要這間。
これに決めます。
kore ni kimemasu.

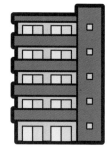

不好意思，我要考慮一下。
すみませんが、ちょっと考えますので。
sumimasenga, chotto kangaemasunode.

不好意思，這間不要了。

すみませんが、ここはやめます。
sumimasenga, koko wa yamemasu.

我是房東，我姓山田。

大家の山田と申します。
ooya no yamada to mooshimasu.

訂契約之前，讓我來說明一下。

契約の前にご説明いたします。
keeyaku no mae ni go setsumee itashimasu.

租約是一年。

契約期間は１年です。
keeyaku kikan wa ichinen desu.

房租什麼時候支付呢？

家賃はいつ払いますか。
yachin wa itsu haraimasuka.

房租麻煩用銀行轉帳。

家賃は銀行振込みでお願いします。
yachin wa ginkoo furikomi de onegai shimasu.

電話費可以在超商繳納。

コンビニで電話代を払うことができますよ。
konbini de denwadai o harau koto ga dekimasuyo.

麻煩也要保火險。

火災保険にも入っていただきます。
kasai hoken nimo haitte itadakimasu.

不可以養寵物。

ペットは禁止です。
petto wa kinshi desu.

請簽契約。

契約書をどうぞ。
keeyakusho o doozo.

請在下面蓋章。

下に印鑑をお願いします。
shita ni inkan o onegai shimasu.

Note 04

ゴミの出し方を教えてください。

請告訴我什麼時候扔垃圾。

 大聲唸！寫出來！

もえる
ゴミ

もえない
ゴミ

資源
ゴミ

請告訴我什麼時候扔垃圾。

A：ゴミの出し方を教えてください。
gomi no dashikata o oshiete kudasai.

星期一、三、五扔可燃垃圾。請在早上拿到公寓大廈前面。

B：燃えるゴミは月、水、金です。
朝、マンションの前に出してください。
moeru gomi wa gessuikin desu.
asa, manshon no mae ni dashite kudasai.

日本生活小知識

日本為了徹底分清垃圾的種類，倒垃圾都使用專用透明塑膠垃圾袋。至於大宗垃圾如冰箱、電視機等，就必須通知資源回收中心來回收，而且要付一定的費用喔！

▶ **替換單字**

● <u>垃圾不要丟在這裡</u>。

ここに ごみ を捨^すてないでください。
koko ni gomi o sutenaide kudasai.

空罐	舊報紙	可燃垃圾	不可燃垃圾
空^あき缶^{かん}	古新聞^{ふるしんぶん}	燃^もえるごみ	燃^もえないごみ
akikan	furushibun	moeru gomi	moenai gomi

廚餘		大型垃圾	
生^{なま}ごみ		粗大^{そ だい}ごみ	
namagomi		sodai gomi	

● 不可以丟垃圾。

ごみ を捨^すててはいけません。
gomi o sutetewa ikemasen.

瓶子	塑膠袋	塑膠	舊雜誌
瓶^{びん}	ビニール	プラスチック	古雑誌^{ふるざっ し}
bin	biniiru	purasuchikku	furuzasshi

● 可燃垃圾在<u>週一、週三、週五</u>丟。

燃^もえるゴミは 月^{げつ}、水^{すい}、金^{きん} です。
moeru gomi wa getsu, sui, kin desu.

週二、週四	週一、週五
火^か、木^{もく}	月^{げつ}、金^{きん}
ka, moku	getsu, kin

星期六	第二、第四週的星期二早上
土曜日^{ど ようび}	第^{だい}2、第^{だい}4火曜日^{か ようび}の朝^{あさ}
doyoobi	daini, daiyon kayoobi no asa

請教我怎麼丟垃圾。
ゴミの出し方を教えてください。
gomi no dashikata o oshiete kudasai.

垃圾請分類丟。
ゴミは分別して出してください。
gomi wa bunbetsushite dashite kudasai.

什麼時候拿出去呢？
いつごろ出せばいいですか。
itsu goro daseba ii desuka.

我想八點左右就可以了。
8時ごろでいいと思います。
hachiji goro de ii to omoimasu.

請盡量在早上拿出去。
なるべく朝出してください。
narubeku asa dashite kudasai.

什麼是不可燃垃圾？
燃えないゴミって何ですか。
moenai gomitte nan desuka.

瓶或罐、塑膠等是不可燃垃圾。
缶や瓶、ビニールなどが燃えないゴミです。
kan ya bin, biniiru nado ga moenai gomi desu.

其他是可燃垃圾。
あとは燃えるほうです。
ato wa moeru hoo desu.

瓶子跟寶特瓶可以一起丟嗎？
瓶とペットボトルをいっしょに捨ててもいいですか。
bin to petto botoru o issho ni sutetemo ii desuka.

破瓶子是不可燃垃圾。

割れた瓶は、燃えないゴミです。

wareta bin wa, moenai gomi desu.

藥瓶不是資源回收垃圾。

薬の瓶は、資源ゴミではありません。

kusuri no bin wa, shigen gomi dewa arimasen.

請裝在市指定垃圾袋裡面，再拿出來丟。

市の指定ゴミ袋に入れて出してください。

shi no shitee gomibukuro ni irete dashite kudasai.

垃圾場在停車場前面。

ゴミ置き場は駐車場の前です。

gomi okiba wa chuushajoo no mae desu.

垃圾請不要在丟這裡。

ここにゴミを捨てないでください。

koko ni gomi o sutenaide kudasai.

這附近有許多烏鴉，垃圾常會被翻弄。

この辺はカラスが多くて、よく散らかされます。

kono hen wa karasu ga ookute, yoku chirakasaremasu.

家電、家具用撿的就有啦

大宗垃圾中，有許多家電和家具都還可以用，所以許多人會撿回家使用。但是最近有些地方，是禁止撿走的喔。

● 小知識

各自有各自的規定

日本各市區町村就垃圾跟資源回收的分類及倒垃圾時間，都已有規定。請務必按照各地區規定的日期，將垃圾放在規定地點，讓垃圾車拉走。

Note 01

はじめまして、田中と申します。よろしくお願いします。

幸會，敝姓田中。請多指教。

 大聲唸！寫出來！

幸會，敝姓田中。請多指教。

A：はじめまして、田中と申します。よろしくお願いします。
hajimemashite, tanaka to mooshimasu. yoroshiku onegai shimasu.

啊！你好。我是早稻田大學的小川。請多多關照。

B：あ、どうも。早稲田大学の小川です。
よろしくお願いします。
a, doomo. waseda daigaku no ogawa desu. yoroshiku onegai shimasu.

日本生活小知識

剛搬新家，三天左右就可去拜訪新的左右鄰居。打招呼時最好準備一份 500 到 1,000 日圓的禮物，以聊表你的心意。至於跟幾家打招呼呢？大約十家就可以了吧！

▶ 替換單字

● 幸會，我姓林。

はじめまして、林りん です。
hajimemashite, rin desu.

李 り **李** ri	田中 た なか **田中** tanaka	山田 やま だ **山田** yamada	喬治 **ジョージ** jooji

● 幸會，敝姓田中。

はじめまして、田中たなか と申もうします。
hajimemashite, tanaka to mooshimasu.

● 請多指教。

よろしくお願ねがいします。
yoroshiku onegai shimasu.

金 キム **金** kimu	鈴木 すず き **鈴木** suzuki	佐藤 さ とう **佐藤** satoo	哈里 **ハリー** harii

Sentence 例句

你好。
こんにちは。
konnichiwa.

有人在嗎？
ごめんください。
gomenkudasai.

哪位啊？
どなたですか。
donata desuka.

我是剛搬來的，敝姓楊。
今度、引っ越してきました。楊です。
kondo, hikkoshite kimashita. yoo desu.

「楊」是楊貴妃的「楊」。住在208室。
「楊」は、楊貴妃の「楊」。
２０８号室に住んでいます。
"yoo" wa, yookihi no "yoo".
ni maru hachi goositsu ni sunde imasu.

這位是我妹妹美鈴。
これは妹の美鈴です。
kore wa imooto no misuzu desu.

高橋小姐，這是內人美惠。
高橋さん、こちらは妻の美恵です。
takahashi san, kochira wa tsuma no mie desu.

美惠小姐啊？字怎麼寫？
美恵さん？どういう字ですか。
mie san? doo iu ji desuka.

美麗的美跟恩惠的惠。
美しいに恵みと書きます。
utsukushii ni megumi to kakimasu.

內子承蒙您多方的關照了。
いつも夫がお世話になっております。
itsumo otto ga osewa ni natte orimasu.

這是不成敬意的禮物，請您收下。
これ、つまらないものですが、どうぞ。
kore, tsumaranai mono desuga, doozo.

哎呀，您這麼客氣。
これはこれは、ご丁寧に。
korewa korewa, go teenee ni.

謝謝您。
ありがとうございます。
arigatoo gozaimasu.

今後也請多多指教。
これからもよろしくお願いします。
korekara mo yoroshiku onegai shimasu.

我才要請您多指教。
こちらこそ、よろしく。
kochirakoso, yoroshiku.

你習慣日本了嗎？
日本には慣れましたか。
nihon niwa naremashitaka.

是的，託您的福。
はい、おかげさまで。
hai, okagesama de.

沒有，還沒有。
いえ、まだちょっと。
ie, mada chotto.

那麼，我告辭了。
では、失礼します。
dewa, shitsuree shimasu.

最近涼快多了。
だいぶ涼しくなってきましたね。
daibu suzushiku natte kimashitane.

天氣感覺很舒服是吧。
過ごしやすくなりましたね。
sugoshi yasuku narimashitane.

我走了。
行ってきます。
ittekimasu.

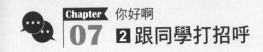
N o t e　0 2

王です。台湾からの留学生です。

我姓王。我是從台灣來的留學生。

33 大聲唸！寫出來！

我姓王。我是從台灣來的留學生。

A：王です。台湾からの留学生です。
oo desu. taiwan kara no ryuugakusee desu.

我姓金，是 2 年 3 組的。我是從韓國來的留學生。

B：2年3組の金です。韓国からの留学生です。
ninen sangumi no kimu desu. kankoku kara no ryuugakusee desu.

日本生活小知識

初次跟對方見面，簡單的自我介紹之後，您當然也可以在後面加上自己專屬的
介紹用語，來增加別人對您的印象。例如現在日本年輕人聯誼時，多半還會再
說明自己的興趣或是專長。

▶ 替換單字

● 我是<u>早稻田大學</u>的高橋。

わせ だ だいがく　　　　たかはし
早稲田大学 の高橋です。
waseda daigaku no takahashi desu.

一年二班	新生	學弟（妹）	隔壁班的
ねん くみ **1年2組**	しんにゅうせい **新入生**	こうはい **後輩**	となり **隣のクラス**
chi nen ni kumi	shinnyuusee	koohai	tonari no kurasu

● 我是<u>日本人</u>。

わたし　　　に ほんじん
私は 日本人 です。
watashi wa nihonjin desu.

台灣人	韓國人	美國人	中國人
たいわんじん **台湾人**	かんこくじん **韓国人**	じん **アメリカ人**	ちゅうごくじん **中国人**
taiwanjin	kankoku jin	amerikajin	chuugokujin

● 這位是<u>田中</u>先生。

た なか
こちらは 田中 さんです。
kochira wa tanaka san desu.

史密斯小姐	阿里先生	塔瓦先生	木村小姐
スミス	**アリ**	**タワー**	き むら **木村**
sumisu	ari	tawaa	kimura

▶ 替換單字

● 我是關西人。

私は 関西 出身です。
watashi wa kansai shusshin desu.

伊豆半島 伊豆半島 izu hantoo	韓國 韓国 kankoku
夏威夷 ハワイ hawai	千葉大學（畢業的） 千葉大学 chiba daigaku

Sentence 例句

我姓李。請多指教。
私は李です。どうぞよろしく。
watashi wa ri desu. doozo yoroshiku.

我姓金。請多指教。
金です。よろしくお願いします。
kimu desu. Yoroshiku onegai shimasu.

您是哪國人？
お国はどちらですか。
okuni wa dochira desuka.

台灣。
台湾です。
taiwan desu.

李小姐，這位是早稻田大學的田中先生。
李さん、こちらは早稲田大学の田中さんです。
ri san, kochira wa waseda daigaku no tanaka san desu.

我是田中。請多指教。
田中です。どうぞよろしく。
tanaka desu. doozo yoroshiku.

這位是李小姐。（手指李）
李さんです。
ri san desu.

我姓李。請多指教。
李です。どうぞよろしく。
ri desu. doozo yoroshiku.

早！
おはよう。
ohayoo.

再見。
さようなら。
sayoonara.

分到幾班了？
何組になった？
nankumi ni natta?

自我介紹的不同

中文裡作自我介紹時，習慣將姓名一起說出來，但是日語一般只說姓就可以了。

Note 03

お出かけですか。

你要出門呀！

 大聲唸！寫出來！

你要出門呀！

A： お出かけですか。
odekakedesuka.

是啊！我去趟銀行。

B： ええ、ちょっと銀行まで。
ee, chotto ginkoo made.

日本生活小知識

跟日本人聊天，很重要的是「あいづち」（附和）。這個字的意思是，聽對方說話時，適當地加以回應，讓對方心情愉快的說話，設身處地聽對方說，設身處地說給對方聽。想學好日文，練習恰到好處的回應方式，也很重要喔！

▶ **替換單字**

● 今天真是熱啊！

今日は 暑い ですね。
きょう　あつ
kyoo wa atsui desune.

冷	涼快	溫暖	好天氣
寒い さむ	涼しい すず	暖かい あたた	いい天気 てん き
samui	suzushii	atatakai	i tenki

● 我是學生。

私は 学生 です。
わたし　がくせい
watashi wa gakusee desu.

醫生	上班族	沒有職業	主婦
医者 い しゃ	会社員 かいしゃいん	無職 む しょく	主婦 しゅ ふ
isha	kaishain	mushoku	shufu

● 我在銷售車子。

自動車のセールスをし ています。
じ どうしゃ
jidoosha no seerusu o shite imasu.

超商打工	車站賣報紙
スーパーでパートをし	駅で新聞を売っ えき　しんぶん　う
suupaa de paato o shi	eki de shinbun o ut
NKK工作	做中文翻譯
NKKに勤め つと	中国語の翻訳をやっ ちゅうごく ご　ほん やく
enuke kee ni tsutome	chuugokugo no honyaku o yat

你要去哪裡？
どちらへ？
dochira e?

是啊！出去一下。
ええ、ちょっとそこまで。
ee, chotto sokomade.

唉唷，今天打扮得真是漂亮啊！
あら、今日<ruby>今日<rt>きょう</rt></ruby>はおめかししてますね。
ara, kyoo wa omekashi shitemasune.

林先生住208室對吧！
林<ruby>林<rt>りん</rt></ruby>さんは２０８号室<ruby>号室<rt>にまるはちごうしつ</rt></ruby>ですよね。
rin san wa ni maru hachi gooshitsu desu yone.

這是傳閱板報。
回覧板<ruby>回覧板<rt>かいらんばん</rt></ruby>です。
kairanban desu.

回覽板

就是將當地政府的宣傳及社區聯絡事情，用版報傳閱的方式，來通知所有居民啦！

天氣真好啊！
いい天気<ruby>天気<rt>てんき</rt></ruby>ですね。
ii tenki desune.

天氣真熱啊！
暑<ruby>暑<rt>あつ</rt></ruby>いですね。
atsui desune.

今天風真強呢！
今日<ruby>今日<rt>きょう</rt></ruby>は風<ruby>風<rt>かぜ</rt></ruby>が強<ruby>強<rt>つよ</rt></ruby>かったですね。
kyoo wa kaze ga tsuyokatta desune.

天氣越來越不好了。
天気<ruby>天気<rt>てんき</rt></ruby>が悪<ruby>悪<rt>わる</rt></ruby>くなってきましたね。
tenki ga waruku natte kimashitane.

路上小心啊！
お気_きをつけて、いってらっしゃい。
o ki o tsukete, itterasshai.

我回來了。
ただいま。
tadaima.

回來啦！
お帰_{かえ}りなさい。
okaeri nasai.

> **誰回來啦！**
> 「ただいま」是「我回來了」；「お帰りなさい」是「你回來啦」。

 ● 小知識

日本人都不表達自己的意見嗎？

日本人並非全然不表達自己的想法，而是他們表達的方式非常含蓄，尤其是對於負面的評價，態度非常溫和、語帶保留，目的是不想使對方感到太過沮喪，導致談話氣氛緊張或是氣氛低落，或是使得第三者處境尷尬。

總而言之，是一種顧全大局、避免給別人造成困擾的作法。一開始與日本人聊天時也許會有些迷惑，可能會覺得弄不清楚對方的想法，但是只要仔細觀察，就可以理解出日本人獨特的表達方式。

● 您籍貫哪裡啊？

ご出身 はどちらですか。
goshusshin wa dochira desuka.

國家 お国 okuni	出生 生まれ umare
住 お住まい o sumai	工作（在） お仕事 o shigoto

Sentence 例句

台灣真是好地方呢！
台湾はいいところですね。
taiwan wa ii tokoro desune.

我去過台灣旅行。
私は台湾へ旅行したことがあります。
watashi wa taiwan e ryokoo shita koto ga arimasu.

東西又好吃，人們又很親切。
食べ物はおいしいし、人々が親切でした。
tabemono wa oishii shi, hitobito ga shinsetsu deshita.

香蕉很有名吧！
バナナが有名ですよね。
banana ga yuumee desuyone.

不好意思，那是在哪邊啊？

すみません、それはどの辺りですか。

sumiamsen, sore wa dono atari desuka.

從這裡要花多少時間呢？

ここから何時間ぐらいですか。

koko kara nanjikan gurai desuka.

啊！沒去過那裡。

あー、行ったことないです。

aa, itta koto naidesu.

MEMO

Note 01

おすすめのエアコンはどれですか。

你推薦哪一家的冷氣？

 大聲唸！寫出來！

你推薦哪一家的冷氣？

A： おすすめのエアコンはどれですか。
osusume no eakon wa dore desuka.

嗯！這一家的如何？清掃很方便的。

B： ええと、こちらはいかがでしょう。
　　 掃除が簡単です。
そうじ　　　　かんたん
eeto, kochira wa ikagadeshoo. sooji ga kantan desu.

日本生活小知識

到日本當然就想搶購電器！象印電子鍋、微波爐、蘋果電腦、掃地機器人、涼暖氣流電風扇，當然各種美容神器一定少不了。但是 10％ 的消費稅太貴了。如何省錢，有些商店在某期間，可以利用悠遊卡、官網折扣券、刷 VISA 卡，就能讓您免稅再享更多的優惠。

▶ 替換單字

● 這是電視。

これは テレビ です。
kore wa terebi desu.

筆記型電腦	手機
ノートパソコン	携帯電話 けいたいでん わ
nooto pasokon	keetai denwa
MP3	軟體
MP3	ソフト
emu pii surii	sofuto

● 給我看那雙鞋。

あの 靴 くつ を見せてください。 み
ano kutsu o misete kudasai.

皮包	裙子	褲子	帽子
かばん	スカート	ズボン	帽子 ぼう し
kaban	sukaato	zubon	booshi

● 給我那個。

それ をください。
sore o kudasai.

領帶	錢包	雨傘	靴子
ネクタイ	財布 さい ふ	かさ	ブーツ
nekutai	saifu	kasa	buutsu

歡迎光臨。
いらっしゃいませ。
irasshaimase.

您在找什麼呢？
何<small>なに</small>かお探<small>さが</small>しですか。
nanika osagashidesuka.

沒有，我只是看看而已。
いえ、見<small>み</small>ているだけです。
ie, miteiru dake desu.

有需要我服務的地方，再叫我一聲。
何<small>なに</small>かございましたらお声<small>こえ</small>がけください。
nanika gozaimashitara okoegake kudasai.

您要什麼樣的呢？
どういうのがいいですか。
doo iu no ga iidesuka.

我要輕的。
軽<small>かる</small>いのがいいです。
karuino ga iidesu.

讓我看一下。
ちょっと見<small>み</small>せてください。
chotto misete kudasai.

您請看。
はい、どうぞ。
hai, doozo.

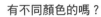

有不同顏色的嗎？
ちがう色<small>いろ</small>はありますか。
chigau iro wa arimasuka.

省錢撇步再升級

有些電器商店，也可以利用樂天信用卡、阪神一日券、東京地鐵車票，再加護照，照樣免稅再享幾％的優惠喔！

有大一點的嗎？
もっと大きいのがありますか。
motto ookiino ga arimasuka.

我去看一下庫存。
在庫を見て参ります。
zaiko o mite mairimasu.

這個，使用方法很複雜嗎？
これは、使い方が難しいですか。
kore wa, tsukaikata ga muzukashiidesuka.

不會的，很簡單的。
いえ、けっこう簡単です。
ie, kekkoo kantan desu.

這邊比較好。
こっちのほうがいいです。
kocchi no hoo ga iidesu.

功能增強約有一倍喔！
機能は倍くらいありますよ。
kinoo wa bai kurai arimasuyo.

按這裡溫度就會下降了。
ここを押すと温度が下がります。
koko o osu to ondo ga sagarimasu.

這個往左一轉，聲音就會變大。
これを左に回すと、音が大きくなります。
kore o hidari ni mawasu to, oto ga ookiku narimasu.

這個手機，可以玩各種遊戲。
このケータイは、いろいろなゲームができます。
kono keetai wa, iroirona geemu ga dekimasu.

這個不僅輕也很耐用的喔。

これは軽くて丈夫ですよ。

kore wa karukute joobudesuyo.

這個便宜又方便。

こちらは安くて便利です。

kochira wa yasukute benri desu.

聲音也很安靜。

音も静かです。

oto mo shizuka desu.

這個有些小。

これは、ちょっと小さかったです。

kore wa, chotto chiisakattadesu.

這台個人電腦，畫面有些大。

このパソコンは、画面がちょっと大きいですね。

kono pasokon wa, gamen ga chotto ookiidesune.

那個電風扇，顏色我不怎麼喜歡。

あの扇風機は、色があまり好きじゃ
ありません。

ano senpuuki wa, iro ga amari suki ja arimasen.

設計得不錯，但有些大。

デザインはいいですけど、ちょっと
大きいです。

dezain wa iidesukedo, chotto ookiidesu.

我要再便宜點的。

もっと安いのがいいです。

motto yasuino ga iidesu.

價錢很便宜，所以賣得很好。

値段が安いから、よく売れています。

nedan ga yasuikara, yoku ureteimasu.

多少錢？

いくらですか。
ikura desuka.

那隻錶多少錢？

その時計はいくらですか。
sono tokee wa ikura desuka.

那個電腦遊戲軟體要多少錢？

そのパソコンゲームはいくらですか。
sono pasokon geemu wa ikura desuka.

15000日圓。

15,000円です。
ichiman gosen en desu.

> **百元商店大多是日本製的**
>
> 日本著名的「百元商店」，販售便宜好用的生活日用品，大多是日本本國製造，品質其實很不錯的！

 ● 小知識

日本大城市跟小城市物價如何呢？

東京及大阪等大城市，物價基本上大致相同，而地方的小城市相對地物價會比較便宜，上下浮動在 20％ 左右，另外再加 10％ 的消費税。

N o t e 0 2

あのう、アジ5匹<ひき>ください。

麻煩，給我五條竹莢魚。

(36) 大聲唸！寫出來！

便宜！便宜。今天什麼都便宜。

A：安<やす>いよ、安<やす>いよ。今日<きょう>は何<なん>でも安<やす>いよ。
yasuiyo, yasuiyo. kyoo wa nandemo yasuiyo.

麻煩，給我五條竹莢魚。

B：あのう、アジ5匹<ひき>ください。
anoo, aji gohiki kudasai.

日本生活小知識

日本有很多專賣店，販售的商品內容，就如商店的名稱，如：麵包、鮮花、鐘錶、服裝、文具、書籍、肉類、蔬果等。在日本百貨公司很難殺價，但專賣店就比較容易殺價，幅度大約在20％以內。既然到了日本，不如用日文跟店家殺殺價，如果成功了，一定很有趣的。

▶ **替換單字**

● 給我蕃茄。

トマトをください。
tomato o kudasai.

蒜頭	大白菜	青椒	紅蘿蔔
にんにく	**白菜**（はくさい）	**ピーマン**	**にんじん**
ninniku	hakusai	piiman	ninjin

● 給我一個蕃茄。

トマトをひとつ、ください。
tomato o hitotsu, kudasai.

波菜／一袋	洋蔥／一推
ほうれんそう／一袋（ひとふくろ）	**たまねぎ／一山**（ひとやま）
hoorensoo／hitofukuro	tamanegi／hitoyama

小黃瓜／5條	魚／兩條
キュウリ／5本（ほん）	**魚**（さかな）**／2匹**（ひき）
kyuuri／gohon	sakana／nihiki

● 有白蘿蔔嗎？

大根（だいこん）はありませんか。
daikon wa arimasenka.

高麗菜	茄子	茼蒿	馬鈴薯
キャベツ	**茄子**（なす）	**春菊**（しゅんぎく）	**じゃが芋**（いも）
kyabetsu	nasu	shungiku	jagaimo

▶ 替換單字

● 好啦！就便宜你30日圓吧！

まあ、 **30 円** おまけしましょう。
maa, sanjuuen omake shimashoo.

50日圓	100日圓	500日圓	這個
50円	**100円**	**500円**	**これ**
gojuuen	hyakuen	gohyakuen	kore

Sentence 例句

您要買什麼？
何にしましょうか。
nani ni shimashooka.

還需要什麼？
ほかに何か。
hoka ni nanika.

有沒有菠菜呢？
ほうれん草はありませんか。
hooren soo wa arimasenka.

白菜很新鮮喔！
白菜は新鮮ですよ。
hakusai wa shinsen desuyo.

橘子又甜又好吃喔！
みかんは甘くておいしいですよ。
mikan wa amakute oishiidesuyo.

今天的蔬菜超便宜的喔
今日は野菜がかなり安いですよ。
kyoo wa yasai ga kanari yasuidesuyo.

這是今天特別推薦的喔！
これ、今日のおすすめです。
kore, kyoo no osusume desu.

茄子賣完了。
なすは売り切れなんです。
nasu wa urikire nandesu.

這是什麼啊？
何ですか、これ？
nandesuka, kore?

啊！那是中國蔬菜。
あ、それ、中国野菜なんです。
a, sore, chuugoku yasai nandesu.

有點貴呢。
ちょっと高いですね。
chotto takai desune.

算便宜一點。
安くしてください。
yasuku shite kudasai.

唉唷，真拿你沒辦法，那就便宜你50日圓吧！
まっ、しょうがない、50円おまけしましょう。
ma, shooganai, gojuu en omake shimashoo.

已經傍晚了，80日圓就好了啦。
もう夕方だから、80円でいいですよ。
moo yuugata dakara, hachijuu en de iidesuyo.

500日圓。
500円になります。
gohyaku en ni narimasu.

謝謝您的惠顧。
毎度ありがとうございます。
maido arigatoo gozaimasu.

151

Note 03

どちらがおすすめですか。

你推薦哪一種呢？

大聲唸！寫出來！

你推薦哪一種呢？

A： どちらがおすすめですか。
dochira ga osusumedesuka.

這種如何？這種葡萄酒賣得最好喔！

B： これはどうですか。
このワインは一番売れてますよ。
kore wa doo desuka. kono wain wa ichiban uretemasuyo.

日本生活小知識

想知道日本的物價、飲食習慣跟日常生活，到超市看一下就知道啦！也因此，很多人到日本，必逛也是愛逛的就是超市了。在超市購物種類多，可以買到很多平民級點心、傳統零食，找土產也很方便喔！

▶ **替換單字**

● 請問，香皂在哪裡？

すみません、 せっけん はどこですか。
sumimasen, sekken wa doko desuka.

牙刷	刮鬍刀	煙灰缸	杯子
歯ブラシ	かみそり	灰皿	コップ
haburashi	kamisori	haizara	koppu

抹布	畚箕
ぞうきん	ちりとり
zookin	chiritori

● 蔬菜的前面。

野菜の 前 です。
yasai no mae desu.

後面	右邊	左邊	附近
後ろ	右	左	近く
ushiro	migi	hidari	chikaku

● 收銀機的前面。

レジ の前です。
reji no mae desu.

入口	水果	蔬菜	酒
入り口	果物	野菜	お酒
iriguchi	kudamono	yasai	osake

砂糖在哪裡？
お砂糖はどこにありますか。
osatoo wa doko ni arimasuka.

在放醬油的那邊。
あそこの醬油のところです。
asoko no shooyu no tokoro desu.

肥皂在那裡。
せっけんはあそこです。
sekken wa asoko desu.

醬油在酒的前面。
醬油はお酒の前です。
shooyu wa osake no mae desu.

在五號那排。
あの５番の列のところです。
ano goban no retsu no tokoro desu.

這裡有籃子。請多利用。
ここにかごがあります。ご利用ください。
koko ni kago ga arimasu. go riyoo kudasai.

> **超貼心的超市**
>
> 日本超市可説是最貼近主婦心的，很多料理，調理方便，輕輕鬆鬆就可以在家做出餐廳菜色了！

 ● 小知識

超市購物，不必花一堆冤枉錢！

在超市購物您會發現，上面的日幣定價，怎麼跟在台灣買的時候，數字是一樣的。但也因此，往往讓您幾乎就想把超市整個扛回家了。另外，同類商品遇到打折期間，可説是買越多越划算的，有時價錢還比便利商店便宜！

沒有賣筆記本。

ノートはちょっと。

nooto wa chotto.

不好意思，我們沒有賣喔！

すみません、うちでは置いてない
んですよ。

sumimasen, uchi dewa oite naindesuyo.

這是新的可樂產品。請喝喝看。

新製品のコーラです。ちょっと飲
んでみてください。

shinseehin no koora desu. chotto nonde mite
kudasai.

這個宣傳單可以給我嗎？

このチラシをもらってもいいですか。

kono chirashi o morattemo iidesuka.

有集點卡嗎？

ポイントカードはお持ちですか。

pointo kaado wa omochidesuka.

需要袋子嗎？

袋はご入用ですか。

fukuro wa go iriyoo desuka.

收您1萬日圓。

10,000円お預かりします。

ichiman'en oazukari shimasu.

找您800日圓。

800円のお返しです。

happyakuen no okaeshi desu.

生鮮食品的折扣戰

各個超市，一到晚上
7點左右，當天的生
鮮食品大多會打折！

Note 01

ちょっと、それ見せてください。

請給我看看那個。

 大聲唸！寫出來！

麻煩。請給我看看那個。

A： すみません。ちょっと、それ見せてください。
sumimasen. chotto, sore misete kudasai.

好的，您請看。

B： どうぞ、ご覧ください。
doozo, goran kudasai.

日本生活小知識

季節交替前的 1 月與 7 月是日本服裝大拍賣的時期；1 月正值新年，以福袋與冬衣減價為號召的拍賣為最大規模，7 月的換季拍賣則是多采多姿的夏裝清倉大拍賣，看準這個時期去血拼，其實可以買到不少好東西！

▶ 替換單字

● 在找_____。

衣服 ＋を探しています。
さが
o sagashite imasu

套裝；西裝	連身裙	裙子	褲子
スーツ	ワンピース	スカート	ズボン
suutsu	wanpiisu	sukaato	zubon

牛仔褲	T恤	輕便襯衫
ジーンズ	Tシャツ	カジュアルなシャツ
jiinzu	tii shatsu	kajuaru na shatsu

Polo衫	女用襯衫	毛衣
ポロシャツ	ブラウス	セーター
poro shatsu	burausu	seetaa

夾克	外套	內衣
ジャケット	コート	下着
したぎ
jaketto	kooto	shitagi

游衣	無袖背心	領帶
水着
みずぎ	ベスト	ネクタイ
mizugi	besuto	nekutai

帽子	襪子	太陽眼鏡
帽子
ぼうし	ソックス	サングラス
booshi	sokkusu	san gurasu

百貨公司在大拍賣。

デパートでバーゲンがあります。
depaato de baagen ga arimasu.

婦女服飾賣場在哪裡？

婦人服売り場はどこですか。
fujinfuku uriba wa doko desuka.

這個如何？

こちらはいかがですか。
kochira wa ikaga desuka.

這是拍賣商品。

こちらはセール品です。
kochira wa seeru hindesu.

這條褲子如何？

このズボンはどうですか。
kono zubon wa doo desuka.

有大號的嗎？

大きいサイズはありますか。
ookii saizu wa arimasuka.

想要棉製品的。

綿のがほしいです。
men no ga hoshii desu.

可以用洗衣機洗嗎？

洗濯機で洗えますか。
sentakuki de araemasuka.

満耐穿的様子嘛！

丈夫そうですね。
joobu soo desune.

> **日本五大藥妝店**
>
> 松本清、龍生堂藥局、
> SUNDRUG、ranKing
> ranQueen、ainz & tuspe。

顔色不錯嘛！

いい色ですね。
ii iro desune.

158

Note 02

これは L サイズですか。
エル

這是 L 號嗎？

 39 大聲唸！寫出來！

這是 L 號嗎？

A：これは L サイズですか。
エル

korewa eru saizu desuka.

不是的，是 M 號。

B：いえ、M です。
エム

ie, emu desu.

日本生活小知識

日本店員服務都非常周到，他們希望為顧客細心服務，所以想試穿的時候必須先告知店員你要試穿，店員會幫你把衣服拿著並且帶領你到試衣間，甚至有些店員會在門外等到你穿完出來，然後親切的説幾句讚美的話。

▶ 替換單字

● 可以____嗎？

動詞＋もいいですか。
mo ii desuka

試穿	戴戴看	摸
試着して shichakushite	かぶってみて kabutte mite	触って sawatte

配戴看看	套套看
つけてみて tsukete mite	ちょっと はおって chotto haotte

Sentence 例句

那個讓我看一下。
それを見せてください。
sore o misete kudasai.

我要試穿這件。
こちら試着したいんですが。
kochira shichaku sitaindesuga.

那邊請。
あちらでどうぞ。
achira de doozo.

很適合喔！
よくお似合いですよ。
yoku oniaidesuyo.

有點小呢。
ちょっと小さいですね。
chotto chiisai desune.

這裡太緊了。
ここがきついです。
koko ga kitsuidesu.

那麼，我幫您拿L號的。
では、Lのほうをお持ちします。
dewa, eru no hoo o omochishimasu.

有沒有L尺寸？
Lサイズはありませんか。
eru saizu wa arimasenka.

尺寸從S到LL都有。
サイズはSからLLまでございます。
saizu wa esu kara erueru made gozaimasu.

我要紅的。
赤いのがほしいです。
akaino ga hoshii desu.

有沒有白色的。
白いのはありませんか。
shiroino wa arimasenka.

有白、黑、藍三種顏色。
白、黒、青の3色ございます。
shiro, kuro, ao no sanshoku gozaimasu.

很抱歉，只有這種顏色。
申し訳ありません。この色だけです。
mooshiwake arimasen. kono iro dake desu.

這是麻嗎？
これは麻ですか。
kore wa asa desuka.

161

需要乾洗嗎？
洗濯はドライですか。
sentaku wa dorai desuka.

可以在家洗嗎？
家でお洗濯できますか。
ie de o sentaku dekimasuka.

太花俏了。
ちょっと派手ですね。
chotto hade desune.

有沒有再柔軟一些的？
もう少し柔らかいのはないですか。
moo sukoshi yawarakaino wa nai desuka.

那個也讓我看看。
そちらも見せてください。
sochira mo misete kudasai.

啊呀！這個不錯嘛！
ああ、これはいいですね。
aa, kore wa ii desune.

我喜歡。
気に入りました。
ki ni irimashita.

尺寸已經只剩下M號了。
サイズはもうMだけです。
saizu wa moo emu dake desu.

這樣啊！真是太可惜了。
そうなんですか。残念です。
soo nandesuka. zannendesu.

Note 03

どんなのがよろしいでしょう。

您想要什麼樣的？

您想要什麼樣的？

A：どんなのがよろしいでしょう。
donnano ga yoroshiideshoo.

嗯！我要黑色的。

B：ええと、黒<ruby>黒<rt>くろ</rt></ruby>のがいいんですけど。
eeto, kurono ga iindesukedo.

日本生活小知識

在日本買鞋，款式多，設計精心、質地好，穿起來舒服。但一般比較貴，10.5
號以上的鞋，較難買。

▶ **替換單字**

● 想要＿＿＿。

鞋子	+がほしいです。

ga hoshii desu

輕便運動鞋	涼鞋	無帶淺口有跟女鞋	無後跟的女鞋
スニーカー	サンダル	パンプス	ミュール
suniikaa	sandaru	panpusu	myuuru

高跟鞋	短馬靴	登山鞋
ハイヒール	ショートブーツ	トレッキングシューズ
haihiiru	shooto buutsu	torekkingu shuuzu

靴子	網球鞋	木屐
ブーツ	テニスシューズ	下駄(げた)
buutsu	tenisu shuuzu	geta

● 太＿＿＿。

形容詞	+すぎます。

sugimasu

大	小	長	短
大(おお)き	小(ちい)さ	長(なが)	短(みじか)
ooki	chiisa	naga	mijika

緊	鬆	高	低
きつ	ゆる	高(たか)	低(ひく)
kitsu	yuru	taka	hiku

▶ 替換單字

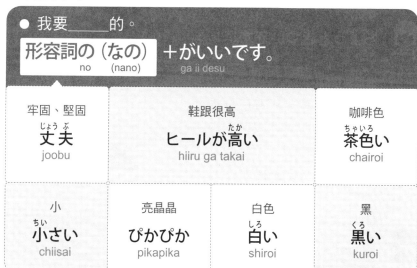

● 我要＿＿＿＿的。

形容詞の（なの） ＋がいいです。
no（nano）　　ga ii desu

牢固、堅固 **丈夫** じょう ぶ joobu	鞋跟很高 **ヒールが高い** たか hiiru ga takai		咖啡色 **茶色い** ちゃいろ chairoi
小 **小さい** ちい chiisai	亮晶晶 **ぴかぴか** pikapika	白色 **白い** しろ shiroi	黑 **黒い** くろ kuroi

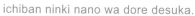

Sentence 例句

這是義大利製的。
こちらはイタリア製です。
せい
kochira wa itaria see desu.

最受歡迎的是哪一雙？
いちばんにん き
一番人気なのはどれですか。
ichiban ninki nano wa dore desuka.

請給我這一雙。
これをください。
kore o kudasai.

這是現在流行的款式。
いま
これが今はやりです。
kore ga ima hayari desu.

請試穿看看。
どうぞ、はいてみてください。
doozo, haite mite kudasai.

有點緊。
ちょっときついです。
chotto kitsui desu.

這裡會頂到。
ここがちょっと当たります。
koko ga chotto atarimasu.

鞋跟太高了。
ヒールが高すぎます。
hiiru ga taka sugimasu.

可以走走看嗎？
ちょっと歩いてみてもいいですか。
chotto aruite mitemo iidesuka.

蠻好走路的。
歩きやすいですね。
aruki yasui desune..

彎好走路的。

這雙真的很輕喔！
これは本当に軽いですよ。
kore wa hontoo ni karuidesuyo.

穿起來感覺剛剛好。
ちょうどいい感じです。
choodo ii kanji desu.

鞋帶可以調整的。
ひもを調整できます。
himo o choosee dekimasu.

這個裝飾可以拆下來。
この飾りは取り外しできます。
kono kazari wa torihazushi dekimasu.

我決定買這一雙。
これに決めました。
kore ni kimemashita.

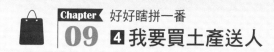
Note 04

人気のお土産はどれですか。

哪個是最受歡迎的土產？

* * * * * * * * * *

 大聲唸！寫出來！

哪個是最受歡迎的土產？

A：人気のお土産はどれですか。
ninki no o miyage wa dore desuka.

啊！這個。這是年輕女孩最喜歡的。

B：ああ、これです。若い女の子に大変人気ですよ。
aa, kore desu. wakai onnanoko ni taihen ninkidesuyo.

日本生活小知識

世界各國最喜歡購買日本的商品有：日本 KITTY 相關產品、浴衣、遊戲軟體、
日本人形娃娃、數位相機、寫上日本字的恤、日本零食、點心。

● 給我_____。

数量 ＋くださいなか。kudasai			
一個 ひと **一つ** hitotsu	一張 まい **1枚** ichimai	一條 ぼん **1本** ippon	一個 こ **1個** ikko
一台 だい **1台** ichidai		一本（書） さつ **1冊** issatsu	

Sentence 例句

有沒有適合送人的名產？
お土産にいいのはありますか。
o miyage ni iino wa arimasuka.

哪一個較受歡迎？
どれが人気ありますか。
dore ga ninki arimasuka.

你認為哪個好呢？
どれがいいと思いますか。
dore ga ii to omoimasuka.

這點心看起來很好吃。
このお菓子はおいしそうです。
kono o kashi wa oishisoo desu.

請給我這饅頭。
この饅頭をください。
kono manjuu o kudasai.

給我同樣的東西8個。
同じものを八つください。
onaji mono o yattsu kudasai.

請分開包裝。
別々に包んでください。
betsubetsu ni tsutsunde kudasai.

請包漂亮一點。
きれいに包んでください。
kiree ni tsutsunde kudasai.

可以給我4個小袋子嗎？
小袋を４枚もらえますか。
kobukuro o yonmai moraemasuka.

賞味期限到什麼時候？
賞味期限はいつですか。
shoomikigen wa itsu desuka.

日本人喜歡台灣哪些土產

台灣茶、台灣風雜貨（客
家風杯墊、刺繡零錢包
等）、乾果類、調味料、
鳳梨酥、泡麵、月餅、
漢藥、茶具等。

Note 05

いやあ、お客さん、それはちょっと……。

唉唷！客人啊！那未免太便宜了！

 大聲唸！寫出來！

這個，算 1,000 日圓如何？

A：これ、1,000 円でどうですか。
kore, sen'en de doo desuka.

唉唷！客人啊！那未免太便宜了！

B：いやあ、お客さん、それはちょっと……。
iyaa, okyakusan, sore wa chotto.

那麼，全部 3,500 日圓如何？

A：じゃあ、全部で 3,500 円はどうですか。
jaa, zenbu de sanzen gohyaku en wa doo desuka.

好啦！那就算便宜一點給你啦！

B：分かりました、勉強させていただきます。
wakarimashita, benkyoo sasete itadakimasu.

日本生活小知識

不二價的日本，隨著庫存成本高、新款變舊款就不值錢的壓力，殺價就變得有
理了。至於殺價就盡量找商品雷同的激戰區，或地點較差的店家。殺價時間就
掌握在關門前兩小時或星期天（週末沒賣出去，必須再等一星期才有機會賣）。

▶ 替換單字

● 請_____。

形容詞	+してください。

shite kudasai

便宜 やす **安く** yasuku	快 はや **早く** hayaku	（弄）小 ちい **小さく** chiisaku	（弄）好提 も **持ちやすく** mochi yasuku

（弄）漂亮 **きれいに** kiree ni	再便宜一些 すこ　やす **もう少し安く** moo sukoshi yasuku

Sentence 例句

太貴了。
たか
高すぎます。
takasugimasu.

2000日圓就買。
えん　　　　か
2,000円なら買います。
nisen'en nara kaimasu.

最好是1萬日圓以內的東西。
えん　い　ない　　もの
10,000円以内の物がいいです。
ichiman'en inai no mono ga ii desu.

現在買，很划算喔！
いま か　　　　　　とく
今買うと、お得です。
ima kauto, otokudesu.

買5個，可以打七折喔！

5個買うと、3割引になります。

goko kauto, sanwaribiki ni narimasu.

很便宜，所以決定買這個。

安いから、こっちにします。

yasuikara, kocchi ni shimasu.

可以打一些折扣嗎？

少しまけてもらえませんか。

sukoshi makete moraemasenka.

這是最低的價格了。

これでぎりぎりの値段なんですよ。

kore de girigiri no nedan nandesuyo.

那麼就不需要了。

それでは、いりません。

soredewa,irimasen.

貴了一些。

ちょっと高いですね。

chotto takai desune.

預算不足。

予算が足りません。

yosan ga tarimasen.

我會再來。

また来ます。

mata kimasu.

我要等到大拍賣。

バーゲンまで待ちます。

baagen made machimasu.

Note 06

ここにサイン<ruby>願<rt>ねが</rt></ruby>いします。

請在這裡簽名。
* * * * * *

 43 大聲唸！寫出來！

請在這裡簽名。

A：ここにサインをお<ruby>願<rt>ねが</rt></ruby>いします。
koko ni sain o onegai shimasu

這樣可以嗎？

B：これでいいですか。
kore de ii desuka

日本生活小知識

日本從 2014 年 10 月 1 日就推出外國人退稅規定，讓藥品、化妝品、食品等原本是免稅對象外的商品，也納入免稅範圍了。因此，吸引了許多外國人到日本購物。最近，再加上日圓大貶，日本真的成了購物天堂了。

▶ 替換單字

● 要如何付款？

Q: お支払いはどうなさいます。
oshiharai wa doo nasaimasu

● 麻煩我用＿＿＿＿。

A: 名詞 ＋でお願いします。
de onegai shimasu

刷卡	現金
カード	**現金**
kaado	genkin

旅行支票	這個
トラベラーズチェック	**これ**
toraberaazu chekku	kore

● 要分幾次付款？

Q: お支払い回数は？
oshiharai kaisuu wa

● ＿＿＿＿＿。

A: 次数 ＋です。
desu

一次	一次付清	六次	十二次
1回	**一括**	**6回**	**12回**
ikkai	ikkatsu	rokkai	juunikai

Sentence 例句

在哪裡結帳？

レジはどこですか。
reji wa doko desuka.

我要分六次支付。

6回払いでお願いします。
rokkaibarai de onegaishimasu.

能用這張信用卡嗎？

このカードは使えますか。
kono kaado wa tsukaemasuka.

請在這裡簽名。

ここにサインをお願いします。
koko ni sain o onegai shimasu.

這樣可以嗎？

これでいいですか。
kore de ii desuka.

敝店只收現金。

当店は現金のみとなっております。
tooten wa genkin nomi to natte orimasu.

哪些人沒有免稅待遇

在日本停留超過 6 個月以上的外國人，或在日本工作的外國人。

175

找您錢。

おつりです。
otsuridesu.

找的錢不對了。

おつりが間違っています。
otsuri ga machigatteimasu.

可以給我收據嗎？

領収書をもらえますか。
ryooshuusho o moraemasuka.

我買錯尺寸了，可以換嗎？

サイズを間違えて買ったんですが、交換はできますか。
saizu o machigaete kattandesuga, kookan wa dekimasuka.

可以的，您帶了收據嗎？

はい、レシートはお持ちですか。
hai, reshiito wa omochidesuka.

退税流程

出示護照→店家填寫「商品購入記錄票」→簽「購買者誓約書」→帶走商品→把「商品購入記錄票」交給海關→快樂把免税商品帶回國

● 小知識

免税分消耗品跟一般品

消耗品（藥品、化妝品、飲料、食品）需要在同一天同一家免税店內購買，金額在 5,000 日圓～ 50 萬日圓之間，需要包裝好，不能開封，出日本海關時，有可能會進行檢查，如果被發現已開封，可能需要再補税；一般品（服飾、化妝品、家電用品、醬油等消耗品）同一天同一家免税店內購買，金額超過 1 萬日圓，沒有免税包裝的限制。

Note 01

すみません、転入届はどちらですか。

請問，遷入登記在什麼地方辦理？

 大聲唸！寫出來！

市役所

請問，遷入登記在什麼地方辦理？

A： すみません、転入届はどちらですか。
sumimasen, tennyuutodoke wa dochira desuka.

在那邊。

B： あそこです。
asoko desu.

日本生活小知識

初到日本的外國人，如果要在日本居留一年以上，就要從入境算起 90 天以內，到居住地區、市政府辦理生活上不可或缺的身份證跟健保卡了。身份證日本叫「在留卡」，健保卡日本叫「國民健康保險」。在留卡要隨身攜帶。沒有辦理這些手續，可是會被當作非法移民的喔！

▶ 替換單字

● 請問，在哪裡辦理<u>外國人登記手續</u>？

あのう、<ruby>外国人登録<rt>がいこくじんとうろく</rt></ruby>はどこですか。
anoo, gaikokujin tooroku wa dokode suka.

國民健康保險	居民證
こくみんけんこうほけん	じゅうみんひょう
国民健康保険	**住民票**
kokumin kenkoo hoken	juuminhyoo

戶口謄本	印鑑登記
こせきとうほん	いんかんとうろく
戸籍謄本	**印鑑登録**
koseki toohon	inkan tooroku

● 在3號窗口。

<ruby>3番<rt>ばん</rt></ruby> の<ruby>窓口<rt>まどぐち</rt></ruby>です。
sanban no madoguchi desu.

1號	14號	8號	12號
ばん	ばん	ばん	ばん
1番	**14番**	**8番**	**12番**
ichiban	juuyonban	hachiban	juuniban

● 麻煩，我要申報遷出的表格。

すみません、<ruby>転出届<rt>てんしゅつとどけ</rt></ruby>の<ruby>用紙<rt>ようし</rt></ruby>をください。
sumimasen, tenshutsutodoke no yooshi o kudasai.

申報遷進	申報結婚	申報出生	申報死亡
てんにゅうとどけ	けっこんとどけ	しゅっせいとどけ	しぼうとどけ
転入届	**結婚届**	**出生届**	**死亡届**
tennyuutodoke	kekkontodoke	shusseetodoke	shibootodoke

Sentence 例句

區公所星期天也開放嗎？

市役所は日曜日もやってますか。

shiyakusho wa nichiyoobi mo yattemasuka.

區公所只有平日才有開放。

市役所は平日だけやってます。

shiyakusho wa heejitsu dake yattemasu.

幾點開始受理呢？

受付は何時からですか。

uketsuke wa nanji kara desuka.

九點開始。

9時からです。

kuji kara desu.

我想辦理外國人登記手續。

外国人登録をしたいのですが。

gaikokujin tooroku o shitai no desuga.

您帶了護照了嗎？

パスポートはお持ちですか。

pasupooto wa omochidesuka.

您哪國人？

どちらのかたですか。

dochira no kata desuka.

照片尺寸

辦理時面部的尺寸和位置都有規定的喔！照片尺寸是「縱 4.5 公分×橫 3.5 公分」。

需要三張照片。

写真が3枚必要です。

shashin ga sanmai hitsuyoo desu.

快速照相在一樓。

スピード写真は1階にあります。

supiido shashin wa ikkai ni arimasu.

啊！這張照片，尺寸不合喔！
あー、この写真は、大きさが合わないですね。
aa, kono shashin wa, ookisa ga awanaidesune.

手續費要多少？
代金はおいくらですか。
daikin wa oikura desuka.

請在5號支付。
5番で払ってください。
goban de haratte kudasai.

證明書也在5號領取。
証明書も5番で渡します。
shoomeesho mo goban de watashimasu.

証明書

這是您要的證明書。
じゃ、これ証明書です。
ja, kore shoomeesho desu.

那麼，做好後會寄給你。
では、あとで郵送します。
dewa, ato de yuusoo shimasu.

信封在那裡有販售。
封筒はあちらで販売しています。
fuutoo wa achira de hanbai shiteimasu.

 ● 小知識

在日本買手機

到了日本之後，除了辦理在留卡跟日本健保卡，還要在日本銀行開戶跟
買手機。外國人要在日本買手機，必須準備在留卡跟護照。另外，還需
要開設繳納電話費的銀行或郵局戶頭，或製作信用卡。

Note 02

<ruby>学生証<rt>がくせいしょう</rt></ruby>を<ruby>お持<rt>も</rt></ruby>ちですか。

帶學生證了嗎？
* * * * * *

大聲唸！寫出來！

帶學生證了嗎？
A：<ruby>学生証<rt>がくせいしょう</rt></ruby>を<ruby>お持<rt>も</rt></ruby>ちですか。
gakuseeshoo o omochidesuka.

帶了，給你。

B：はい。どうぞ。
hai. doozo.

日本生活小知識

加入健康保險，要到地區、市政府辦理。每月的保險費，會因收入、來日時間、居住地區而異。有了日本健保卡，到醫院看病，只要支付總費用的 30 ％ 。但體檢跟生孩子不在保險範圍之內。

▶ 替換單字

● 請在<u>區公所</u>辦理手續。

区役所 で手続きをしてください。
くやくしょ てつづ
kuyakusho de tetsuzuki o shite kudasai.

市政府 しやくしょ **市役所** shiyakusho	町村公所 ちょうそんやくば **町村役場** chooson'yakuba
派出所 しゅっちょうじょ **出張所** shucchoojo	入國管理局 にゅうこくかんりきょく **入国管理局** nyuukoku kanrikyoku

---

Sentence 例句

請問，申請健康保險的手續在哪裡辦理？
すみません、健康保険の手続きはどこですか。
けんこう ほけん てつづ
sumimasen, kenkoo hoken no tetsuzuki wa doko desuka.

請在區公所辦理。
区役所で申請してください。
くやくしょ しんせい
kuyakusho de shinsee shite kudasai.

我想加入國民健康保險。
国民保険に入りたいのですが。
こくみん ほけん はい
kokumin hoken ni hairitai no desuga.

請到二樓的市民課。
2階の市民課へどうぞ。
かい しみんか
nikai no shimin ka e doozo.

那邊有電梯。

あちらにエレベーターがございます。
achira ni erebeetaa ga gozaimasu.

你有帶居留證跟護照嗎？

在留カードとパスポートをお持ちですか。
zairyuu kaado to pasupooto o omochidesuka.

請填寫這張申請表格。

この申し込み用紙に記入してください。
kono mooshikomi yooshi ni kinyuu shite kudasai.

收入欄裡也要填寫每個月的收入。

収入欄にも毎月の収入を書いてください。
shuunyuu ran nimo maitsuki no shuunyuu o kaite kudasai.

保險費會因收入多寡而不同。

保険料は収入によって違います。
hokenryoo wa shuunyuu ni yotte chigaimasu.

請填寫這個表格。

この用紙に記入してください。
kono yooshi ni kinyuu shite kudasai.

 ●小知識

留學生健保補助

有留學生資格，政府會有加碼的補助，只要事先向學校的留學生課登錄申
請，最低可以只要負擔 6%。另外，保險卡也可以代替其他身份證。

我沒有收入。

収入はありません。
shuunyuu wa arimasen.

那你生活費怎麼來的？

生活費はどうしていますか。
seekatsuhi wa doo shite imasuka.

我父母寄來的。

親からの仕送りです。
oya kara no shiokuri desu.

請填寫匯款金額。

仕送りの金額を書いてください。
shiokuri no kingaku o kaite kudasai.

保險證也可以代替其他身份證件。

保険証は身分証明書としても使えます。
hokenshoo wa mibun shoomeesho to shite mo tsukaemasu.

Note 01

しんぶん　　　　　　　　　　　　　ぼ しゅう　　み
新聞でアルバイトの募集を見たのですが……。

我在報紙上看到應徵工讀生的廣告。
‧‧‧‧‧‧‧‧‧‧‧‧‧‧‧‧‧‧‧‧

46 大聲唸！寫出來！

我姓王。我在報紙上看到應徵工讀生的廣告。

おう　もう　　　　　　しんぶん　　　　　　　　　ぼ しゅう　み
A： 王と申します。新聞でアルバイトの募集を見たの
ですが……。
oo to mooshimasu. shinbun de arubaito no boshuu o mitanodesuga.

你是學生嗎？

がくせい　　かた
B： 学生の方ですか。
gakusee no kata desuka.

是的，我是大學生。

だいがくせい
A： はい、大学生です。
hai, daigakusee desu.

那麼，請先寄履歷表過來。

さき　　り れきしょ　おく
B： では、先に履歴書を送ってください。
dewa, saki ni rirekisho o okutte kudasai.

好的，明白了。請多指教。

ねが
A： はい、わかりました。よろしくお願いします。
hai, wakarimashita. yoroshiku onegai shimasu.

日本生活小知識

要學習日本人的做事方法、習慣跟規則，打工是一個很好的體驗機會。為了減少跟雇主之間的糾紛，面試時雇主所提出的條件，盡量請雇主書面化。打工時請不要遲到、不要沒有事先請假就不去上班！認真工作，才能學到東西，挖到寶喔！

● 我在<u>報</u>上看到您在找工讀生。

新聞 でアルバイトの募集を見たのですが。
_{しんぶん} _{ぼ しゅう} _み
shinbun de arubaito no boshuu o mita no desuga.

朝日新聞 あさ ひ しんぶん **朝日新聞** asahi shinbun	讀賣新聞 よみうりしんぶん **読売新聞** yomiuri shinbun	產經新聞 さんけいしんぶん **産経新聞** sankee shinbun

報紙的傳單 しんぶん **新聞のチラシ** shinbun no chirashi	商店的海報 みせ **お店のポスター** omise no posutaa	雜誌 ざっし **雑誌** zasshi

● 我來面試<u>打工</u>的。

アルバイト の面接に来たのですが。
_{めんせつ} _き
arubaito no mensetsu ni kita no desuga.

零工 **パート** paato	正式社員 せいしゃいん **正社員** seeshain	派遣社員 は けんしゃいん **派遣社員** hakenshain	契約社員 けいやくしゃいん **契約社員** keeyakushain

● 我都坐電車上班的。

いつも **電車** で通勤しています。
_{でんしゃ} _{つうきん}
itsumo densha de tsuukin shite imasu.

（騎）腳踏車 じ てんしゃ **自転車** jitensha	公車 **バス** basu	新幹線 しんかんせん **新幹線** shinkansen	計程車 **タクシー** takushii

Sentence 例句

下週二的下午2點面試。
面接は来週の火曜日午後２時です。
mensetsu wa raishuu no kayoobi gogo niji desu.

你好，我是來面試的，敝姓王。
こんにちは。面接に参りました。
王と申します。
konnichiwa.mensetsu ni mairimashita.
oo to mooshimasu.

我跟負責的佐藤先生約了三點碰面的。
ご担当の佐藤様と3時からお約束があります。
go tantoo no satoo sama to sanji kara o yakusoku ga arimasu.

請到二樓的會議室。
2階の会議室のほうにいらしてください。
nikai no kaigishitsu no hoo ni irashite kudasai.

有帶履歷表嗎？
履歴書お持ちですか。
rirekisho omochi desuka.

你有帶可以在日本工作的簽證或其他的證明文件嗎？
日本で働けるビザか何かお持ちですか。
nihon de hatarakeru biza ka nani ka omochidesuka.

請先自我介紹一下。
まずは自己紹介してください。
mazu wa jikoshookai shite kudasai.

到本公司應徵的理由是什麼呢？
当社に応募をした理由は何ですか。
toosha ni oobo o shita riyuu wa nandesuka.

想在日本工作的理由是什麼呢？
日本で働きたい理由は何ですか。
nihon de hatarakitai riyuu wa nandesuka.

到目前為止有哪些打工經驗呢？

これまでに経験したアルバイトは何ですか。

kore made ni keeken shita arubaito wa nandesuka.

到目前為止打過什麼工呢？

今までどんなアルバイトをしたことがありますか。

ima made donna arubaito o shita koto ga arimasuka.

你有什麼優點？

あなたの長所は何ですか。

anata no choosho wa nandesuka.

在哪裡學日語的呢？

どちらで日本語を学ばれましたか。

dochira de nihongo o manabaremashitaka.

為什麼辭掉以前的工作呢？

前のアルバイトをやめた理由は何ですか。

mae no arubaito o yameta riyuu wa nandesuka.

有什麼興趣呢？

趣味は何ですか。

shumi wa nandesuka.

什麼時候可以開始工作呢？

いつから働けますか。

itsu kara hatarakemasuka.

通勤時間要花多久時間呢？

通勤時間はどのくらいかかりますか。

tsuukin jikan wa dono kurai kakarimasuka.

一週可以工作幾天呢？

週に何日くらい働けますか。

shuu ni nannichi kurai hatarakemasuka.

一週可以工作三天以上嗎？

週<ruby>三日以上<rt>しゅうみっか いじょう</rt></ruby>、できますか。
shuu mikka ijoo, dekimasuka.

一天可以工作幾個小時呢？

1<ruby>日何時間<rt>にちなんじ かん</rt></ruby>くらい<ruby>働<rt>はたら</rt></ruby>けますか。
ichinichi nanjikan kurai hatarakemasuka.

週休二日。

<ruby>週 休二日<rt>しゅうきゅうふつか</rt></ruby>です。
shuukyuu futsuka desu.

> **留學生資格外工作時間**
>
> 留學生資格外工作時間，1 週是 28 小時以內。暑假等長假是 1 天 8 小時以內。規定不可以在風化業或風化業相關的地方工作。

三個月試用期。

3<ruby>か月<rt>げつ</rt></ruby>は<ruby>試用期間<rt>しようきかん</rt></ruby>です。
sankagetsu wa shiyoo kikan desu.

希望的待遇是多少呢？

<ruby>報酬<rt>ほうしゅう</rt></ruby>はいくらぐらいを<ruby>希望<rt>きぼう</rt></ruby>しますか。
hooshuu wa ikura gurai o kiboo shimasuka.

時薪是800日圓。

<ruby>時給<rt>じ きゅう</rt></ruby>は800<ruby>円<rt>えん</rt></ruby>です。
jikyuu wa happyakuen desu.

以上，面試結束了。

それでは、<ruby>面接<rt>めんせつ</rt></ruby>はこれで<ruby>終了<rt>しゅうりょう</rt></ruby>です。
soredeha, mensetsu wa korede shuuryoo desu.

我以遊學身分來的。

ワーキングホリデーで<ruby>来<rt>き</rt></ruby>ています。
waakingu horidee de kiteimasu.

我對○○很感興趣，希望能活用自己的○○。

○○に<ruby>関心<rt>かんしん</rt></ruby>があり、<ruby>自分<rt>じ ぶん</rt></ruby>の○○を<ruby>生<rt>い</rt></ruby>かせると<ruby>思<rt>おも</rt></ruby>います。
○○ni kanshin ga ari, jibun no ○○ o ikaseru to omoimasu.

希望能透過遊學邊打工邊磨練語言能力。

ワーホリでアルバイトしながら語学力を磨きたい。

waahori de arubaito shinagara gogakuryoku o migakitai.

我喜歡看書，所以選了書店。

本を読むことが好きなので、本屋を選びました。

hon o yomu koto ga sukinanode, hon'ya o erabimashita.

我有在超商工作過。

コンビニで働いたことがあります。

konbini de hataraita koto ga arimasu.

優點是對任何事情都能感興趣。

長所は何でも楽しめるところです。

choosho wa nandemo tanoshimeru tokoro desu.

缺點是很容易忘記事情。但也因此，我會馬上做筆記。

短所は忘れやすいところです。ですので、

すぐメモを取ります。

tansho wa wasureyasui tokorodesu. desunode,
sugu memo o torimasu.

為了專心於課業，所以辭掉之前的公司。

学業に専念するために、前の会社を辞めました。

gakugyoo ni sennen suru tame ni, mae no kaisha o yamemashita.

興趣是看電影。

趣味は映画を見ることです。

shumi wa eega o miru koto desu.

我會一點日語。

日本語は少しできます。

nihongo wa sukoshi dekimasu.

最近的車站是澀谷站，到公司要30分鐘。

最寄駅は渋谷駅で、会社までは30分です。

moyorieki wa shibuyaeki de, kaisha made wa sanjuppun desu.

下星期就可以開始上班了。
来週から働けます。
raishuu kara hatarakemasu.

要負責什麼樣的工作呢？
どのような仕事を担当することになりますか。
dono yoona shigoto o tantoo suru koto ni narimasuka.

我沒有經驗，也可以嗎？
経験はありませんが、それでもいいですか。
keeken wa arimasenga, sore demo ii desuka.

工作場所大約有多少人呢？
どのくらいの人数の職場ですか。
dono kurai no ninzuu no shokuba desuka.

什麼時候休假呢？
休日はいつですか。
kyuujitsu wa itsu desuka.

有支付交通費嗎？
交通費は支給されますか。
kootsuu hi wa shikyuu saremasuka.

有試用期嗎？
試用期間はありますか。
shiyoo kikan wa arimasuka.

有什麼其他的問題嗎？
何か質問はありますか。
nanika shitsumon wa arimasuka.

什麼時候可以知道面試結果呢？
合否の結果はいつわかりますか。
goohi no kekka wa itsu wakarimasuka.

那麼，請下個月一號來上班看看。
では、来月の一日から働いてみてください。
dewa, raigetsu no tsuitachi kara hataraite mite kudasai.

請您多加指導。

よろしくお願いします。
yoroshiku onegai shimasu.

從這個月開始，正式成為ABC自動車員工。

今月から、ＡＢＣ自動車の社員になりました。
kongetsu kara, eebiishii jidoosha no shain ni narimashita.

一週打工二、三天。

週に2、3日アルバイトに行きます。
shuu ni ni, san nichi arubaito ni ikimasu.

打工如何呢？

アルバイトどうでしたか。
arubaito doo deshitaka.

打工還習慣嗎？

アルバイトは慣れましたか。
arubaito wa naremashitaka.

由於日語不是很懂，很多地方都感到很困難。

日本語がわからなくて、いろいろ困ることがあります。
nihongo ga wakaranakute, iroiro komaru koto ga arimasu.

新的工作必須要記住很多事情。

新しい仕事をいろいろ覚えなければなりません。
atarashii shigoto o iroiro oboenakereba narimasen.

雖然很忙，但我會加油。

忙しくなりますが、がんばります。
isogashiku narimasuga, ganbarimasu.

工作雖然很忙，但很有趣。

忙しいですが、楽しい仕事です。
isogashiidesuga, tanoshii shigotodesu.

社長雖然有些嚴格，但人很親切。

ちょっと厳しいですが、とても親切な社長です。
chotto kibishiidesuga, totemo shinsetsuna shachoo desu.

Note 01

口座を作りたいんですが。

我想開戶。

 大聲唸！寫出來！

您要辦理什麼業務呢？

A：本日のご用件は？
honjitsu no go yooken wa?

我想開戶。

B：口座を作りたいんですが。
kooza o tsukuritaindesuga.

日本生活小知識

到了日本之後，除了辦理在留卡跟日本健保卡，還要在日本的銀行開戶。外國人要在日本的銀行開戶，必須準備在留卡、日本健保卡、護照跟印章。有些銀行還需要提供學生證或員工證。

● 我想開戶。

こうざ　　　　ひら
口座 を **開き** たいんですが。
kooza o hirakitain desuga.

活存帳戶／開立	錢／換	美金／換
ふ つう よ きん　　　こう ざ **普通預金の口座／つくり** futsuuyokin no kooza/tsukuri	かね　　　か **お金／換え** okane／kae	か **ドル／換え** doru／kae

錢／匯出	電話／牽	千元鈔票／換零錢
かね　おく **お金／送り** okane／okuri	でん わ　　ひ **電話／引き** denwa／hiki	えん **1,000円／くずし** sen'en／kuzushi

● 請借我印章。

いんかん　　　　　　　か
印鑑 をお**貸**しください。
inkan o okashi kudasai.

銀行存摺	身份證	健保卡
つうちょう **通帳** tsuuchoo	み ぶんしょうめいしょ **身分証明書** mibunshoomeesho	ほ けんしょう **保険証** hokenshoo

申請書	整理券	筆
もう し こみ しょ **申込書** mooshikomisho	せい り けん **整理券** seeriken	**ペン** pen

● 金融卡會在一星期左右，郵寄給您。

しゅうかん　　　　　　　　　ゆうそう
カードは 1週間 ぐらいで、郵送します。
kaado wa isshuukan gurai de, yuusoo shimasu.

三天	四天	五天
みっ か かん **三日間** mikkakan	よっ か かん **四日間** yokkakan	いつ か かん **五日間** itsukakan

兩週	三週	一個月
しゅうかん **2週間** nishuukan	しゅうかん **3週間** sanshuukan	げっ **1か月** ikkagetsu

Sentence 例句

請您抽號碼牌。
番号カードを引いてください。
bangoo kaado o hiite kudasai.

請在那裡稍候。
あちらで少しお待ちください。
achira de sukoshi omachi kudasai.

八號，讓您久等了。
8番の方、お待たせしました。
hachiban no kata, omatase shimashita.

四號的客人，請到三號窗口。
4番の方、3番の窓口へどうぞ。
yonban no kata, sanban no madoguchi e doozo.

請填寫這張申請表。
この用紙にお書きください。
kono yooshi ni okaki kudasai.

這樣可以嗎？
これでいいですか。
korede ii desuka.

您要存多少錢？
ご入金はおいくらでしょうか。
gonyuukin wa oikura deshooka.

您要使用金融卡嗎？
カードはお使いになりますか。
kaado wa otsukai ni narimasuka.

請在這裡填上4位數的密碼。
こちらに暗証番号4桁を書いてください。
kochira ni anshoobangoo yonketa o kaite kudasai.

密碼事後可以更改。

暗証番号は後で変更できます。

anshoobangoo wa ato de henkoo dekimasu.

這附近有ATM嗎？

このあたりにＡＴＭはありますか。

kono atari ni eetiiemu wa arimasuka.

那裡有SEVEN ELEVEN喔！

あそこのセブンーイレブンにありますよ。

asoko no sebun irebun ni arimasuyo.

去超商，提款。

コンビニに行って、お金をおろします。

konbini ni itte, o kane o oroshimasu.

● 小知識

到郵局開戶

到郵局開戶跟銀行一樣，必須準備在留卡、日本健保卡、護照跟印章。同樣地，也有存錢跟自動扣款服務。如果您有申請到獎學金，文部科學省也可以直接匯入郵局帳號，十分方便。

Note 02

あのう、お金を送りたいんですが。

麻煩，我要匯錢。

48 大聲唸！寫出來！

麻煩，我要匯錢。

A：あのう、お金を送りたいんですが。
anoo, o kane o okuritaindesuga.

那麼，請填寫這份匯款申請單。

B：では、この振込依頼書をお書きください。
dewa, kono furikomi iraisho o okaki kudasai.

日本生活小知識

從台灣匯錢到日本，可以因需要而使用幾種方法：1.金融卡跨國提款，10 萬台幣以內，適合短期旅遊或遊學打工的人；2.國際郵政匯票，10 ～ 30 萬台幣，適合長期留學的人；3.銀行匯款，30 萬台幣以上，馬上需要用錢的人。

▶ 替換單字

● 我想把<u>美金</u>換成日幣。

ドル を円に換えたいんですが。
えん か
doru o en ni kaetain desuga.

人民幣 じんみんへい **人民幣** jinminhee	台幣 たいわん **台湾ドル** taiwan doru
美元 ユーエス **USドル** yuu esu doru	歐元 **ユーロ** yuuro

Sentence 例句

我想匯錢。
お金を送りたいんですが。
かね おく
okane o okuritain desuga.

我想匯錢到帳戶裡。
口座に振込みたいんです。
こうざ ふりこ
kooza ni furikomitain desu.

我想換錢。
お金を換えたいんですが。
かね か
okane o kaetain desuga.

這張支票我要換現金。
この小切手をお金に換えたいんですが。
こぎって かね か
kono kogitte o o kane ni kaetaindesuga.

要匯多少錢？

いくら送りますか。
ikura okurimasuka.

那麼，請填寫這份匯款單。

では、この依頼書にお書きください。
dewa, kono iraisho ni okaki kudasai.

對不起，可以教我一下嗎？

すみません。ちょっと教えてください。
sumimasen. chotto oshiete kudasai.

這邊麻煩簽名跟蓋章。

こちらにご署名と印鑑をお願いします。
kochira ni go shomee to inkan o onegaishimasu.

這裡這樣寫可以嗎？

ここの書き方はこれでいいですか。
koko no kakikata wa kore de iidesuka.

手續費要多少錢呢？
手数料はいくらですか。
tesuuryoo wa ikura desuka.

便利商店的 ATM

日本跟我們一樣，便利
商店也有 ATM，可以
24 小時利用。

● 小知識

現金卡

「キャッシュカード」（現金卡），類似我們的
金融卡，可以到 ATM 提款、存款。常見 ATM 螢
幕裡的日文「お預け入れ（存款）」、お引き出
し「（取款）」、「お振込み（匯款）」、「通
帳記入（列印存摺）」。

N o t e 0 1

かばんをなくしました。

我行李箱不見了。

49 大聲唸！寫出來！

發生了什麼事情了？

A： どうしましたか。
doo shimashitaka.

糟糕了，我行李箱不見了。

B： 困（こま）りました。かばんをなくしました。
komarimashita. kaban o nakushimashita.

日本生活小知識

遇到犯罪、被盜、交通事故馬上打「110」報警專線。順序是：1.被盜還是交通事故，有沒有人受傷，首先簡單說明狀況；2.說明自己的姓名、地址；3.說明附近明顯的標的物，方便巡邏車立即找到地方。最重要的就是要冷靜！

▶ **替換單字**

● ＿＿＿不見了。

物品	＋をなくしました。 o nakushimashita

信用卡 **クレジットカード** kurejitto kaado		包包 **かばん** kaban	月票 **定期券**（ていきけん） teeki ken
筆 **ペン** pen	房間鑰匙 **部屋の鍵**（へや の かぎ） heya no kagi	相機 **カメラ** kamera	行李箱 **スーツケース** suutsu keesu
護照 **パスポート** pasupooto	萬用筆記本 **手帳**（てちょう） techoo	機票 **航空券**（こうくうけん） kookuuken	

● 把＿＿＿忘在＿＿＿了。

場所	＋に＋ ni	物	＋を忘れました。（わす） o wasuremashita

電車／行李 **電車／荷物**（でんしゃ／にもつ） densha／nimotsu	房間／鑰匙 **部屋／鍵**（へや／かぎ） heya／kagi	計程車／電腦 **タクシー／パソコン** takushii／pasokon	
公車／皮包 **バス／バッグ** basu／baggu	飯店／名產 **ホテル／みやげ物**（もの） hoteru／miyage mono	餐廳／錢包 **食堂／財布**（しょくどう／さいふ） shokudoo／saifu	保險箱／護照 **金庫／パスポート**（きんこ） kinko／pasupooto

▶ 替換單字

● ＿＿＿＿被偷了。

物品 ＋を盗まれました。
o nusumaremashita

錢包 さい ふ **財布** saifu	信用卡 **クレジットカード** kurejitto kaado	行李箱 **スーツケース** suutsu keesu
戒指 ゆび わ **指輪** yubiwa	金融卡 **キャッシュカード** kyasshu kaado	金錢 かね **お金** o kane

行李 に もつ **荷物** nimotsu	項鍊 **ネックレス** nekkuresu	筆記型電腦 **ノートパソコン** nooto pasokon	手錶 うで ど けい **腕時計** ude dokee

● 犯人是＿＿＿＿。

はんにん
犯人は ＋ 人 ＋です。
hannin wa desu

年輕男性 わか おとこ **若い男** wakai otoko	矮個子的男性 せ ひく おとこ **背の低い男** se no hikui otoko	長髮的女性 かみ なが おんな **髪の長い女** kami no nagai onna
帶著眼鏡的女性 おんな **めがねをかけた女** megane o kaketa onna	戴眼鏡的男人 おとこ **めがねをかけた男** megane o kaketa otoko	四十歲左右的女人 だい おんな **40代の女** yonjuu dai no onna

年輕女生
わか　おんな
若い女
wakai onna

瘦瘦的男人
や　おとこ
痩せた男
yaseta otoko

胖的女人
ふと　おんな
太った女
futotta onna

戴著帽子的女人
ぼうし　おんな
帽子をかぶった女
booshi o kabutta onna

穿青色西裝的男人
あお　せびろ　おとこ
青い背広の男
aoi sebiro no otoko

有鬍子的男人
ひげ　おとこ
髭のある男
hige no aru otoko

Sentence 例句

這附近有派出所嗎？
へん　こうばん
この辺に交番はありますか。
kono hen ni kooban wa arimasuka.

東西弄丟了。
おと　もの
落し物をしました。
otoshimono o shimashita.

電車裡遺忘東西了，是雨傘。
でんしゃ　わす　もの　　　　　　かさ
電車に忘れ物をしたんですが。傘です。
densha ni wasuremono o shitandesuga. kasa desu.

是黑色包包。
くろ
黒いかばんです。
kuroi kaban desu.

錢全部被拿去了。

お金を全部取られました。
o kane o zenbu toraremashita.

護照不見了。

パスポートがありません。
pasupooto ga arimasen.

怎麼辦好？

どうしたらいいでしょう。
doo shitara ii deshoo.

裡面有錢包和信用卡。

財布とカードが入っています。
saifu to kaado ga haitte imasu.

大概有十萬日圓在裡面。

10万円ぐらい入っていました。
juuman'en gurai haitte imashita.

在哪裡掉的呢？

どこで落としましたか。
doko de otoshimashitaka.

可能是從車站到郵局之間吧。

たぶん、駅から郵便局に行く間だと思います。
tabun, eki kara yuubinkyoku ni iku aida dato omoimasu.

我知道了。現在確認一下。

わかりました。今確認してみます。
wakarimashita. ima kakunin shite mimasu.

沒有送到這裡喔！

こちらには届いていませんね。
kochira niwa todoite imasenne.

> 遇到東西偷了怎麼辦？
>
> 信用卡被偷或遺失，馬上請銀行停卡。然後，跟派出所、警察署提出被盜被害申報。

請填寫遺失表格。

紛失届を書いてください。
funshitutodoke o kaite kudasai.

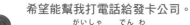那麼，請填寫這張表格。

では、この用紙に記入してください。
dewa, kono yooshi ni kinyuu shite kudasai.

希望能幫我打電話給發卡公司。

カード会社に電話してほしいです。
kaado gaisha ni denwashite hoshii desu.

太好了，找到了。

あった。あった。
atta. atta.

你好，我在那裡撿到了錢包。

あのう、そこで財布を拾ったんです。
anoo, soko de saifu o hirottandesu.

這個，掉在公共電話亭了。

これ、電話ボックスに落ちていました。
kore, denwa bokkusu ni ochite imashita.

 ● 小知識

日本的派出所

日本的派出所 24 小時都有警察值班。勤務主要有守望、值班、巡邏、巡迴聯絡、預防及取締竊盜、暴力事件，還有交通事故處理、迷路指引和受理遺失物品等內容。

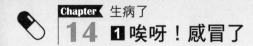

Note 01

こちらは初めてですか。

你是第一次來看病的嗎？

 大聲唸！寫出來！

你是第一次來看病的嗎？

A： こちらは初めてですか。
kochira wa hajimetedesuka.

是的，我是第一次。

B： はい。初めてです。
hai. hajimetedesu.

那麼，請在這裡填寫您的姓名及住址。

A： では、こちらにお名前とご住所をお願いします。
dewa, kochira ni o namae to go juusho o onegaishimasu.

日本生活小知識

日本人生病時，病情較輕，會到藥局或藥妝店買藥吃。感冒或肚子痛等小病，
一般都到附近不需要預約的小醫院或小診所。病情較重時，小醫院的醫生，會
介紹患者到醫療條件跟設備較好的大醫院就診。大醫院大部分需要介紹跟預
約，等待時間也比較長。

想去看醫生。
医者に行きたいです。
isha ni ikitai desu.

請叫醫生來。
医者を呼んでください。
isha o yonde kudasai.

請叫救護車。
救急車を呼んでください。
kyuukyuu sha o yonde kudasai.

喂！我要叫救護車。
もしもし、救急車お願いします。
moshimoshi, kyuukyuusha onegaishimasu.

你還好嗎？
大丈夫ですか。
daijoobu desuka.

醫院在哪裡？
病院はどこですか。
byooin wa doko desuka.

診療時間是幾點到幾點？
診察時間は何時から何時までですか。
shinsatsu jikan wa nanji kara nanji made desuka.

身體不舒服。
気分が悪いです。
kibun ga warui desu.

朋友倒下去了。
友だちが倒れました。
tomodachi ga taoremashita.

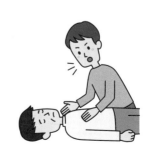

CH.
14
生病了
1

有點發燒。

熱_{ねつ}があります。

netsu ga arimasu.

醫生在哪裡？

お医者_{いしゃ}さんはどこですか。

oishasan wa doko desuka.

可以使用手機嗎？

ケータイを使_{つか}ってもいいですか。

keetai o tsukattemo iidesuka.

醫院裡不可以使用手機。

病院_{びょういん}の中_{なか}ではケータイを使_{つか}ってはいけません。

byooin no naka dewa keetai o tsukattewa ikemasen.

好用單字		
風邪 kaze	／感冒	
心臓病 shinzoo byoo	／心臟病	
高血圧 koo ketsuatsu	／高血壓	
糖尿病 toonyoo byoo	／糖尿病	
胃潰瘍 ikaiyoo	／胃潰瘍	
肺炎 haien	／肺炎	
花粉症 kafun shoo	／花粉症	

好用單字		
インフルエンザ infuruenza	／流行性感冒	
ぜんそく zensoku	／氣喘	
盲腸（虫垂炎） moochoo(chuusuien)	／盲腸炎	
アレルギー arerugii	／過敏	
骨折 kossetsu	／骨折	
ねんざ nenza	／挫傷	
便秘 benpi	／便秘	

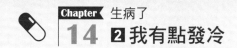
Note 02

どうなさいましたか。

你怎麼啦！

 大聲唸！寫出來！

你怎麼啦！

A：どうなさいましたか。
doonasaimashitaka.

我咳得很厲害。

B：咳がひどいです。
seki ga hidoidesu.

喉嚨感覺如何？

A：のどは。
nodo wa.

喉嚨會痛。

B：のども痛いです。
nodo mo itaidesu.

是感冒了。量一下體溫吧！

A：風邪ですね。熱を計ってみましょう。
kaze desune. netsu o hakatte mimashoo.

日本生活小知識

看診時，如果需要中文翻譯，可以向學校或學長、地方國際交流協會等團體詢問。他們會提供哪些醫院可以用中文來就診的。要是常去的小醫院，熟悉的醫生會比較瞭解患者的身體狀況。

209

▶ **替換單字**

● 怎麼了？

Q: どうしましたか。
doo shimashitaka

● 感到_____。

A: 症状 ＋がします。
ga shimasu

（想）吐 吐き気 hakike	發冷 寒気 samuke

頭暈 目眩 memai	頭疼 頭痛 zutsuu	耳鳴 耳鳴り miminari

● _____痛。

身體 ＋が痛いです。
ga itaidesu

頭 頭 atama	肚子 おなか onaka	手肘 腕 ude	腳 足 ashi

腰部 腰 koshi	眼睛 目 me	耳朵 耳 mimi

膝蓋 ひざ hiza	牙齒 歯 ha	喉嚨 のど nodo

Sentence 例句

會咳嗽。
咳が出ます。
seki ga demasu.

不舒服。
気持ちが悪いです。
kimochi ga warui desu.

我昨天吐了。
昨日、吐きました。
kinoo, hakimashita.

從昨天開始肚子就一直很痛。
昨日からずっとおなかが痛いです。
kinoo kara zutto onaka ga itaidesu.

感冒了。
風邪を引きました。
kaze o hikimashita.

打嗝打個不停。
しゃっくりが止まりません。
shakkuri ga tomarimasen.

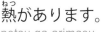

拉肚子。
下痢をしています。
geri o shite imasu.

沒有食慾。
食欲がありません。
shokuyoku ga arimasen.

發燒了。
熱があります。
netsu ga arimasu.

全身無力。
だるいです。
darui desu.

這邊很癢。
この辺がかゆいです。
kono hen ga kayuidesu.

Note 03

花粉症かもしれませんね。

可能是得了花粉症。
* * * * * * *

52 大聲唸！寫出來！

鼻水流個不停。眼睛也很癢。

A： 鼻水が止まりません。目もひどくかゆいです。
hanamizu ga tomarimasen. me mo hidoku kayuidesu.

眼睛都紅了。

B： 目がだいぶ赤くなっていますね。
me ga daibu akaku natte imasune.

流眼淚，也流鼻水，非常難受。

A： 涙といっしょに鼻水も出ています。辛いです。
namida to issho ni hanamizu mo deteimasu. tsuraidesu.

可能是得了花粉症。做一下檢查吧！

B： 花粉症かもしれませんね。検査してみましょう。
kafunshoo kamo shiremasenne. kensa shite mimashoo.

日本生活小知識

在日本看病流程，跟台灣差不多。「先在櫃臺繳交健保卡，領掛號證→初診的人要填寫初診單→就診後到櫃臺結帳領處方箋→拿處方箋到附近藥局，自行購買藥物」。

我來聽一下你胸部的聲音。（用聽診器）
胸の音を聞かせてください。
mume no oto o kikasete kudasai.

感覺如何？
気分はどうですか。
kibun wa doo desuka.

請張開嘴巴。
口を開けてください。
kuchi o akete kudasai.

請讓我看看眼睛。
目を見せてください。
me o misete kudasai.

請把衣服脫掉。

服を脱いでください。
fuku o nuide kudasai.

請躺下來。

横になってください。
yoko ni natte kudasai.

請深呼吸。

深呼吸してください。
shinkokyuu shite kudasai.

這裡會痛嗎？

この辺は痛いですか。
kono hen wa itai desuka.

今天吃了什麼了？

今日は何を食べましたか。
kyoo wa nani o tabemashitaka.

到目前為止有沒有生過什麼大病？
今^{いま}まで大^{おお}きな病気^{びょうき}になったことがありますか。
ima made ookina byooki ni natta koto ga arimasuka.

請去取一下小便。
お小水^{しょうすい}を取^とってきてください。
o shoosui o totte kite kudasai.

食物中毒。
食^{しょく}あたりですね。
shokuatari desune.

開藥方給你。
薬^{くすり}を出^だします。
kusuri o dashimasu.

打個針吧！
注射^{ちゅうしゃ}をしましょう。
chuusha o shimashoo.

塗上藥膏。
薬^{くすり}を塗^ぬります。
kusuri o nurimasu.

好用單字		
熱^{ねつ}っぽい netsuppoi	／好像發燒
だるい darui	／很疲倦
鼻水^{はなみず} hanamizu	／流鼻水
くしゃみ kushami	／打噴嚏
せき seki	／咳嗽

好用單字		
腫^はれる hareru	／紅腫
汗^{あせ} ase	／汗
痛^{いた}み itami	／疼痛
痰^{たん} tan	／痰

Note 04

薬を出します。

開藥給你。

 53 大聲唸！寫出來！

開藥給你。

A： 薬を出します。
kusuri o dashimasu.

好的。

B： はい。
hai.

一天吃三次，請飯後吃。暫時要多休息一下。

A： 1日3回、食後に飲んでください。
しばらく休んでください。
ichinichi sankai, shokugo ni nonde kudasai.
shibaraku yasunde kudasai.

好的，謝謝。

B： わかりました。ありがとうございました。
wakarimashita. arigatoo gozaimashita.

多休息吧！

A： どうぞお大事に。
doozo o daijini.

日本生活小知識

在日本，綜合性大醫院通常有附設藥局可以拿藥，但是一般小醫院或小診所就沒有了。所以醫生會開一張處方箋，患者要拿著處方箋到附近的藥局去拿藥，並且另外支付藥費。

會過敏嗎？
アレルギーはありますか。
arerugii wa arimasuka.

我開三天份的藥。
薬を三日分出します。
kusuri o mikka bun dashimasu.

一天請服三次藥。
薬は１日３回飲んでください。
kusuri wa ichinichi sankai nonde kudasai.

早中晚都要吃藥。
朝、昼、晩に飲んでください。
asa, hiru, ban ni nonde kudasai.

請在睡前吃藥。
寝る前に飲んでください。
neru mae ni nonde kudasai.

請在飯後服用。
食後に飲んでください。
shokugo ni nonde kudasai.

發燒時吃這包藥。
熱が出たら飲んでください。
netsu ga detara nonde kudasai.

請將這個軟膏塗抹在傷口上。
この軟膏を傷に塗ってくだい。
kono nankoo o kizu ni nutte kudasai.

這是漱口用藥。
これはうがい薬です。
kore wa ugai gusuri desu.

是抗生素。
抗生物質です。
こうせいぶっしつ
koosee busshitsu desu.

請多保重。
お大事に。
だい じ
o daiji ni.

請開診斷書給我。
診断書をお願いします。
しんだんしょ　　　ねが
shindansho o onegai shimasu.

最好是戴上口罩。
マスクをつけた方がいいです。
ほう
masuku o tsuketa hoo ga ii desu.

請不要泡澡。
お風呂に入らないでくださいね。
ふ　ろ　　はい
o furo ni hairanaide kudasaine.

也不可以沖澡喔！
シャワーもだめですよ。
shawaa mo damedesuyo.

不要看書看太晚，要好好休息。
あまり遅くまで勉強しないで、よく休んでください。
おそ　　　　べんきょう　　　　　　　やす
amari osoku made benkyoo shinaide, yoku yasunde kudasai.

● 小知識

看牙醫的費用

看牙醫一般需要事先預約，初診費比較貴，有加入健保約 2,000 日圓～3,000 日圓；沒有加入健保，約 10,000 日圓～30,000 日圓不等。至於醫療時間，醫生會就治療情況，來斟酌，通常需要一到兩個月左右。

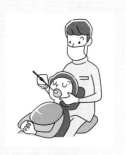

かぜぐすり
風邪薬 ／感冒藥
kaze gusuri

い ちょうやく
胃腸薬 ／胃腸藥
ichoo yaku

ちんつうざい
鎮痛剤 ／鎮痛劑
chintsuu zai

めぐすり
目薬 ／眼藥水
me gusuri

いた ど
痛み止め ／止痛
itami dome

ねつ
熱さまし ／退燒（藥）
netsu samashi

なんこう
軟膏 ／軟膏
nankoo

ぬ ぐすり
塗り薬 ／塗抹用藥
nuri gusuri

の ぐすり
飲み薬 ／飲用藥
nomi gusuri

こうせいぶっしつ
抗生物質 ／抗生素
koosee busshitsu

ぐすり
うがい薬 ／漱口用藥
ugai gusuri

とんぷく
頓服 ／一次服下（藥）
tonpuku

ざい
ビタミン剤 ／維他命
bitamin zai

せき ど
咳止め ／止咳
seki dome

Note 01

もしもし、王と申します。

喂！我姓王。

 大聲唸！寫出來！

喂！我姓王。高橋小姐在嗎？

A： もしもし、王と申します。
高橋さんはいらっしゃいますか。
moshimoshi, oo to mooshimasu. takahashi san wa irasshaimasuka.

高橋小姐嗎？請稍等一下。

B： 高橋ですね。少々お待ちください。
takahashi desune. shooshoo omachi kudasai.

日本生活小知識

在日本打電話，由於彼此看不到對方，所以除了家人或比較熟悉的人以外，對長輩或不太熟悉的人通常都會用敬語。一聽到敬語，是不是感到很頭痛呢？其實只要下一點小功夫，再靈活套用，就熟能生巧了。

▶ 替換單字

● 您好！是田中老師的家嗎？

もしもし、田中先生のお宅ですか。
moshi moshi, tanaka sensee no otaku desuka.

鈴木部長	林先生	佐藤課長	村上院長
鈴木部長	林さん	佐藤課長	村上院長
suzuki buchoo	rin san	satoo kachoo	murakami inchoo

● 敝姓李。

李と申しますが。/ ですが。
ri to mooshimasuga. / desuga.

早稻田大學的佐藤	台灣來的姓林	美國的叫喬治
早稲田大学の佐藤	台湾の林	アメリカのジョージ
waseda daigaku no satoo	taiwan no rin	amerika no jooji

東京銀行的山田	王子飯店的櫃臺	鴿子巴士的人
東京銀行の山田	プリンスホテルの受付	はとバスの者
tookyoo ginkoo no yamada	purinsu hoteru no uketsuke	hato basu no mono

● 高橋小姐（先生）在嗎？

高橋さん、いらっしゃいますか。
takahashi san, irasshaimasuka.

許	高	山村
許	高	山村
kyo	koo	yamamura

清水	千葉	田中
清水	千葉	田中
shimizu	chiba	tanaka

Sentence 例句

麻煩接高橋小姐。
高橋さん、お願いします。
takahashi san, onegai shimasu.

啊！是高橋小姐嗎？我是小李。
あ、高橋さんですか。李です。
a, takahashi san desuka. ri desu.

好久不見。
ご無沙汰しております。
gobusata shite orimasu.

現在說話方便嗎？
今、お話ししてもよろしいですか。
ima, ohanashishitemo yoroshiidesuka.

現在，時間上方便嗎？
今、お時間大丈夫ですか。
ima, o jikan daijoobu desuka.

不好意思，我想請問一下。
あの、ちょっとお尋ねしたいことがありまして。
ano, chotto otazuneshitai koto ga arimashite.

好的，沒問題的。
ええ、大丈夫ですよ。
ee, daijoobu desuyo.

你知道王先生的電子信箱嗎？
王さんのメルアド、知ってますか。
oo san no meruado, shittemasuka.

靈活應用附和的說法

對方在說話的時候，要隨時附和回應，如果您一昧保持沈默，對方會以為您不感興趣喔。

221

高橋小姐，現在不在喔。
高橋さんは、今いませんが。
takahashi san wa, ima imasenga.

他人什麼時候回來呢？
いつごろお戻りでしょうか。
itsugoro omodori deshooka.

那麼，我再打電話。
じゃ、またお電話します。
ja, mata odenwa shimasu.

那麼，我打他手機看看。
では、携帯電話の方に電話してみます。
dewa, keetaidenwa no hoo ni denwa shite mimasu.

那麼，麻煩幫我留言。
では、伝言をお願いします。
dewa, dengon o onegai shimasu.

接電話

日本人接電話的時候，習慣上會先報上自己的姓名、自己的家或自己的公司名。然後再開始談話。

 ● 小知識

講話要清晰、緩慢

講電話的時候，由於看不到對方的表情、動作，所以記得說話要清楚、緩慢。中途停頓一下，讓對方反應或記錄。還有切忌説「わかりましたか？」（你懂嗎？）這類直接但讓人感到不親切的話喔！

請轉達我有打電話給他。
電話があったとお伝えください。
denwa ga atta to otsutae kudasai.

那麼，再見。
では、失礼します。
dewa, shitsuree shimasu.

我想牽電話，不知道要花都少錢？
電話を引きたいのですが、費用はいくらかかりますか。
denwa o hikitainodesuga, hiyoo wa ikura kakarimasuka.

費用是95,000日圓。
費用は95,000円です。
hiyoo wa kyuuman'gosen'en desu.

安裝費大約是10,000日圓。
工事費は10,000円くらいかかります。
kooji hi wa ichiman'en kurai kakarimasu.

安裝時間大約一個星期。
取り付けはだいたい１週間くらいです。
toritsuke wa daitai isshuukan kurai desu.

用skype打國際電話是免費的。
スカイプは国際電話は無料です。
sukaipu wa kokusaidenwa wa muryoo desu.

● 小知識

簡單的寒暄，作用很大喔

知道對方是誰了以後，習慣開頭要進行簡單的寒暄。如果是客戶，最常說「いつもお世話になっております」（總是承蒙您的照顧）；如果跟對方有一段時間沒有碰面，説「ごぶさたしております」（好久不見）；在夜晚打電話，禮貌上説「夜分遅くおそれいります」（抱歉，這麼晚打電話給您）。

Note 02

もしもし、高橋です。今どこにいますか。

喂！我是高橋，你現在在哪裡？

大聲唸！寫出來！

喂！我姓王。

A： はい、王です。
hai, oodesu.

喂！我是高橋，你現在在哪裡？

B： もしもし、高橋です。今どこにいますか。
moshimoshi, takahashi desu. ima doko ni imasuka.

在車站裡的便利商店前面。

A： 駅のコンビニの前にいます。
eki no konbini no mae ni imasu.

日本生活小知識

接電話時，為了跟對方表示自己聽懂了，自己正在聽，請繼續講下去，一般習慣在對方講話停頓的時候，回答一聲「はい」（是的）。如果沒有聽清楚對方講的話，可以説「すみませんが、もう一度おっしゃってください」（抱歉，請您再講一次）。

▶ 替換單字

● 您好！我姓王。

もしもし、**王**でございます。
moshi moshi, oo de gozaimasu.

張 ちょう **張** choo	陳 ちん **陳** chin
劉 りゅう **劉** ryuu	楊 よう **楊** yoo

Sentence 例句

喂！我是高橋。

もしもし、高橋です。
moshimoshi, takahashi desu.

您是哪位？

どちら様でしょうか。
dochira sama deshooka.

是的，請稍等一下。

はい、少々お待ちください。
hai, shooshoo omachi kudasai.

石田現在不在位子上。

石田は、ただ今席を外しております。
ishida wa, tada ima seki o hazushite orimasu.

石田外出了。

石田は、外出しているんですが。

ishida wa, gaishutsu shite irundesuga.

我想他兩小時左右就回來。

あと２時間ぐらいで戻ると思いますが。

ato ni jikan gurai de modoru to omoimasuga.

他說今天會晚一點回來。

今日は遅くなると申しておりました。

kyoo wa osoku naru to mooshite orimashita.

讓他回您電話好嗎？

こちらからお電話いたしましょうか。

kochira kara odenwa itashimashooka.

請問您的電話號碼？

お電話番号をお願いします。

odenwa bangoo o onegai shimasu.

給您手機電話好嗎？

携帯電話の番号をお教えしましょうか。

keetaidenwa no bangoo o ooshie shimashooka.

那麼，再見。

では、失礼します。

dewa, shitsuree shimasu.

● 小知識

結束電話的禮節

通話結束時，日本人一般説「失礼します」來代替「さようなら」（再見）。如果是在晚上，習慣説「お休みなさい」（晚安）。還有一點很重要喔！講完之後，切忌馬上放下話機，停一下確認對方也準備放下話機，再輕輕掛上電話！

Note 01

日曜日、お祭りを見に行きませんか。

星期日，要不要去看慶典？

56 大聲唸！寫出來！

星期日，要不要去看慶典？

A：日曜日、お祭りを見に行きませんか。
nichiyoobi, omatsuri o mini ikimasenka.

這提議不錯，什麼樣的慶典呢？

B：いいですね。どんな祭りですか。
iidesune. donna matsuri desuka.

是燈籠祭。把燈籠戴在頭上，優雅地跳著傳統舞蹈的慶典。

A：灯籠祭りです。灯籠を頭に載せて、優雅に踊る祭りです。
tooroo matsuri desu. tooroo o atama ni nosete, yuuga ni odoru matsuri desu.

很棒的樣子。太叫人期待了。

B：そうですか。それは楽しみです。
soo desuka. sore wa tanoshimi desu.

日本生活小知識

日本真的是最愛慶典的國家了，每年，在全國各地，一年四季都舉辦著五花八門的慶典活動。每一個祭典都有不同的特色，有些屬於安靜沈思性質，而有些則熱鬧喧擾，個個都很有看頭。

▶ 替換單字

● 想_____。

名詞(を……)。	+	動詞	+ たいです。

tai desu

煙火／看
花火を／見
hanabi o／mi

慶典／看
お祭りを／見
omatsuri o／mi

迪士尼樂園／去
ディズニーランドへ／行き
dizuniirando e／iki

在游泳池／游泳
プールで／泳ぎ
puuru de／oyogi

往山上／去
山へ／行き
yama e／iki

日本料理／吃
日本料理を／食べ
nihon ryoori o／tabe

購物
買い物を／し
kaimono o／shi

● 小知識

日光（栃木）

位於栃木縣，日本最具盛名的觀光地；以溫泉知名，而「日光東照宮」、「日光二荒山神社」、「日光山輪王寺」也被列入世界文化遺產保護。日光東照宮，是德川幕府第一代將軍德川家康的家廟。

Sentence 例句

近代美術館在哪裡？

近代美術館はどこですか。
kindai bijutsukan wa doko desuka.

博物館現在有開嗎？

博物館は今開いていますか。
hakubutsukan wa ima aite imasuka.

這裡可以買票嗎？

ここでチケットは買えますか。
koko de chiketto wa kaemasuka.

這個折價券可以用嗎？

この割引券、使えますか。
kono waribikiken, tsukaemasuka.

我帶了禮券。

クーポン持ってきました。
kuupon motte kimashita.

名產店在哪裡？

みやげ物店はどこにありますか。
miyagemono ten wa doko ni arimasuka.

裡面有餐廳嗎？

中にレストランはありますか。
naka ni resutoran wa arimasuka.

有沒有什麼好玩的地方呢？

なにか面白いところはありますか。
nanika omoshiroi tokoro wa arimasuka.

有壯麗的寺廟嗎？

きれいなお寺はありますか。
kiree na o tera wa arimasuka.

請推薦一下飯店。
ホテルを紹介してください。
hoteru o shookai shite kudasai.

65歲以上的客人，是免費的。
65歳以上の方は、無料です。
rokujuugosai ijoo no kata wa, muryoo desu.

請給我地圖。
地図をください。
chizu o kudasai.

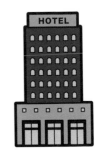

 ● 小知識

日本三大煙花

土浦全國花火競技會：可以觀賞明年最新的煙花作品；天神祭奉納花火：慶典活動最後一項節目就是放煙火拜祭天神；全國花火競技會：是擁有傳統歷史的煙花大會。

Note 02

街
<ruby>町<rt>まち</rt></ruby>の<ruby>観光案内<rt>かんこうあんない</rt></ruby>はありますか。

有市區街道的觀光指南嗎？
∗ ∗ ∗ ∗ ∗ ∗ ∗ ∗ ∗ ∗ ∗ ∗

57 大聲唸！寫出來！

您需要什麼呢？

A：<ruby>何<rt>なに</rt></ruby>かお<ruby>探<rt>さが</rt></ruby>しですか。
nanika osagashidesuka.

有市區街道的觀光指南嗎？

B：<ruby>街<rt>まち</rt></ruby>の<ruby>観光案内<rt>かんこうあんない</rt></ruby>はありますか。
machi no kankoo annai wa arimasuka.

日本生活小知識

到日本觀光，有手冊就很方便了，除了可以安排行程，還有一些優惠活動，好康報你知的。因此，一到觀光地，就可以在景點、車站、遊客服務中心、觀光協會、旅館、售票處等免費索取喔！

▶ 替換單字

● 我要_____。

名詞 +がいいです。
ga ii desu

歷史巡遊 れきし 歴史めぐり rekishi meguri	美術館巡遊 びじゅつかん 美術館めぐり bijutsukan meguri	名勝巡遊 めいしょ 名所めぐり meesho meguri	一日行程 にち 1日コース ichinichi koosu

半天行程 はんにち 半日コース hannichi koosu	下午行程 ご ご 午後コース gogo koosu

Sentence 例句

給您中文的說明書。
中国語の説明書を差し上げます。
ちゅうごく ご　　せつめいしょ　　さ　あ
chuugokugo no setsumeesho o sashiagemasu.

您希望哪一天呢？
ご希望は何日ですか。
き ぼう　なんにち
go kiboo wa nannichi desuka.

日語導遊每天都有，但中文導遊只有星期天而已。
日本語ガイドは毎日ですが、中国語は日曜だけです。
に ほん ご　　　　　まいにち　　　　　ちゅうごくご　にちよう
nihongo gaido wa mainichi desuga, chuugokugo wa nichiyoo dake desu.

有中文導遊嗎？
中国語のガイドはいますか。
ちゅうごく ご
chuugokugo no gaido wa imasuka.

有英文導遊嗎？
英語のガイドはいますか。
eego no gaido wa imasuka.

有附餐嗎？
食事は付きますか。
shokuji wa tsukimasuka.

什麼時候出發呢？
いつ出発しますか。
itsu shuppatsu shimasuka.

每週的星期一。
毎週月曜日です。
maishuu getsuyoobi desu.

去哪裡呢？
どこに行きますか。
doko ni ikimasuka.

要到什麼地方呢？
どんなところに行きますか。
donna tokoro ni ikimasuka.

> **秋天就是要吃好吃的**
>
> 秋天就是要吃北海道的
> 帝王蟹、毛蟹，北陸的
> 松葉蟹、鮑魚、甜蝦等，
> 再配上時令蔬果等，絕
> 對讓您的味蕾起飛。

去北海道。
北海道です。
hokkaidoo desu.

什麼好玩呢？
何が楽しみですか。
nani ga tanoshimi desuka.

哪個有趣呢？
どれが面白いですか。
dore ga omoshiroi desuka.

螃蟹吃到飽跟泡溫泉。
かに食べ放題と温泉です。
kani tabehoodai to onsen desu.

坐什麼去呢？

なんで行きますか。
nande ikimasuka.

觀光巴士。

観光バスです。
kankoo basu desu.

在哪裡吃午餐呢？

どこで昼ご飯を食べますか。
doko de hirugohan o tabemasuka.

在花飯店吃。

花ホテルで食べます。
hana hoteru de tabemasu.

上午觀賞寺院，下午參觀啤酒工廠。

朝はお寺を見て、午後はビール工場を見学します。
asa wa o tera o mite, gogo wa biiru koojoo o kengaku shimasu.

這個旅行團可以免費泡溫泉。

このツアーでは、無料で温泉に入ることができます。
kono tsuaa dewa, muryoo de onsen ni hairu koto ga dekimasu.

幾點回來？

何時に戻りますか。
nanji ni modorimasuka.

在哪裡集合呢？

どこに集まればいいですか。
doko ni atsumareba ii desuka.

請10分鐘前集合。

10分前までに集合してください。
juppun mae made ni shuugoo shite kudasai.

Note 03

ここで、みんなで写真を撮りませんか。

我們要不要在這裡拍個照？

 58 大聲唸！寫出來！

我們要不要在這裡拍個照？

A：ここで、みんなで写真を撮りませんか。
koko de, minna de shashin o torimasenka.

好啊！我們拍照吧！

B：いいですね。撮りましょう。
iidesune. torimashoo.

麻煩一下，能否請您幫我們拍照呢？

A：すみません。写真を撮っていただけませんか。
sumimasen. shashin o totte itadakemasenka.

好的。

B：いいですよ。
iidesuyo.

▶ 替換單字

● 可以＿＿＿＿嗎？

【名詞】＋を＋【動詞】＋もいいですか。
mo ii desuka

照片／照	煙／抽	這個／觸摸	箱子／打開
写真／撮って shashin／totte	タバコ／吸って tabako／sutte	これ／触って kore／sawatte	箱／開けて hako／akete

聲音／喊出	V8／拍攝
声／出して koe／dashite	ビデオ／撮って bideo／totte

Sentence 例句

可以幫我拍照嗎？
写真を撮っていただけますか。
shashin o totte itadakemasuka.

只要按這裡就行了。
ここを押すだけです。
koko o osu dake desu.

可以一起照張相嗎？
一緒に写真を撮ってもいいですか。
issho ni shashin o tottemo ii desuka.

麻煩再拍一張。
もう1枚お願いします。
moo ichimai onegai shimasu.

請把那個一起拍進去。
あれと一緒に撮ってください。
are to issho ni totte kudasai.

外面可以拍照，但裡面請不要拍照。
外側は撮ってもいいですが、中ではご遠慮ください。
sotogawa wa tottemo iidesuga, naka dewa go enryo kudasai.

這裡禁止攝影。
こちらは撮影禁止となっております。
kochira wa satsuee kinshi to natte orimasu.

請勿使用自拍桿。
自撮り棒はご遠慮いただいております。
jidoriboo wa go enryo itadaite orimasu.

請不要在這裡抽煙。
ここでたばこを吸わないでください。
koko de tabako o suwanaide kudasai.

這是在原宿自拍的照片。
これは原宿での自撮り写真です。
kore wa harajuku deno jidori shashin desu.

把自拍的照片上傳到Instagram。
自撮り写真をインスタグラムにアップしましょう。
jidori shashin o insutaguramu ni appu shimashoo.

237

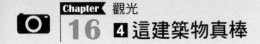

N o t e 0 4

京都はどんなところですか。
きょう と

京都是個什麼樣的地方？

59 大聲唸！寫出來！

京都是個什麼樣的地方？

A： 京都はどんなところですか。
きょう と

kyooto wa donna tokoro desuka.

很美的地方。有許多著名的寺廟。

B： とても美しいところです。有名なお寺が多いです。
うつく　　　　　　　　　　　ゆうめい　　　てら　おお

totemo utsukushii tokoro desu. yuumeena o tera ga ooidesu.

日本生活小知識

京都是日本平安時代的首都，因而遺留下許多古建築，保留許多古色古香的文化風格；藝妓、神社、「京都御所」等，都是世界知名的觀光點。

▶ 替換單字

● ＿＿＿＿啊！

形容詞	＋	名詞	＋ですね。

desune

很棒的／畫
素敵な／絵
すてき え
suteki na／e

很漂亮的／和服
きれいな／着物
き もの
kiree na／kimono

很棒的／作品
すばらしい／作品
さくひん
subarashii　sakuhin

很棒的／建築物
すごい／建物
たてもの
sugoi／tatemono

壯大的／雕像
大きな／像
おお ぞう
ooki na／zoo

雄偉的／雕刻
立派な／彫刻
りっ ぱ ちょうこく
rippa na／chookoku

美麗的／陶瓷器皿
美しい／陶器
うつく とう き
utsukushii／tooki

S e n t e n c e　例句

入場費多少？
入場料はいくらですか。
にゅうじょうりょう
nyuujooryoo wa ikura desuka.

有館內導覽服務嗎？
館内ガイドはいますか。
かんない
kannai gaido wa imasuka.

幾點休館？
何時に閉館ですか。
nanji ni heekan desuka.

小孩多少錢？
こどもはいくらですか。
kodomo wa ikura desuka.

有中文說明嗎？
中国語の説明はありますか。
chuugokugo no setsumee wa arimasuka.

我要風景明信片。
絵はがきがほしいです。
e hagaki ga hoshii desu.

這裡空氣很好，感覺好舒服喔！
ここは空気がきれいで、気持ちいいですね。
koko wa kuuki ga kiree de, kimochi iidesune.

人多很熱鬧。
人が多くてにぎやかですね。
hito ga ookute nigiyakadesune.

這裡很安靜，也非常漂亮。
ここは静かで、とてもきれいなところですね。
koko wa shizukade, totemo kireena tokoro desune.

● 小知識

日本人為什麼愛泡湯？

日本有很多火山地形，也因此，產生了日本人酷愛泡湯的特殊文化。當然也是「禦寒」、也能「湯治」、更能「文化風雅」，溫泉對於日本人來說，是一種享受，更是生活中必不可少的。

Note 05

すみません。前の列は満席です。

很對不起，前排都客滿了。

大聲唸！寫出來！

我要前排的票。

A：前の列のチケットがほしいです。
mae no retsu no chiketto ga hoshiidesu.

很對不起，前排都客滿了。後排的話還有位子。

B：すみません。前の列は満席です。後ろの列なら
ございます。
sumimasen. mae no retsu wa manseki desu. ushiro no retsu nara
gozaimasu.

日本生活小知識

「人生如戲，戲如人生」，透過電影、戲劇、歌舞伎等，會告訴您很多事情，
無形中會變成一股很大的力量，藏在您的生命中。

● 給我＿＿＿。

名詞	+	数量	+お願いします。

お願いします。
ねが
onegai shimasu

成人／兩張
大人／2枚
おとな／まい
otona／nimai

學生／一張
学生／1枚
がくせい／まい
gakusee／ichimai

小孩／兩張
こども／2枚
まい
kodomo／nimai

大人／十張
大人／10枚
おとな／まい
otona／juumai

國中生／三張
中学生／3枚
ちゅうがくせい／まい
chuugakusee／sanmai

Sentence 例句

售票處在哪裡？
チケット売り場はどこですか。
う　ば
chiketto uriba wa doko desuka.

學生有折扣嗎？
学生割引はありますか。
がくせいわりびき
gakusee waribiki wa arimasuka.

給我看一下學生證。
学生証をお見せください。
がくせいしょう　　み
gakuseeshoo o omise kudasai.

我要一樓的位子。
1階の席がいいです。
かい　せき
ikkai no seki ga ii desu.

座位全都是自由座。
座席は全席自由です。
zaseki wa zenseki jiyuu desu.

有沒有更便宜的座位？
もっと安い席はありますか。
motto yasui seki wa arimasuka.

坐哪個位子比較好觀看呢？
どの席が見やすいですか。
dono seki ga miyasui desuka.

一張多少錢？
1枚いくらですか。
ichimai ikura desuka.

請給我三張。
3枚ください。
sanmai kudasai.

我去買個飲料吧！
何か飲み物を買ってきましょうか。
nanika nomimono o katte kimashooka.

 ● 小知識

マージャン（麻將）

從中國傳入的一種遊戲；四人成一局，共 130 左右張牌，有各式牌色與
組合規定，依照規定輪流發牌出牌，再依照牌色決定勝負，極需腦力。

N o t e 0 6

演奏とてもすごかったですね。

演奏實在太棒啦！

 大聲唸！寫出來！

演奏實在太棒啦！
A： 演奏とてもすごかったですね。
ensoo totemo sugokattadesune.

是啊！太叫人感動了。
B： ええ、とても感動しました。
ee, totemo kandoo shimashita.

日本生活小知識

到日本，除了追星聽演唱會之外，也可以參加由日本國內音樂家參加的音樂大會、各種不同風格的搖滾音樂家，通宵達旦的音樂會、伊豆的舞蹈音樂大會。還有寶塚、歌舞伎，都很值得看的。

▶ 替換單字

● 我想看＿＿＿＿＿。

名詞 ＋を見たいです。
o mitai desu

| 音樂會
コンサート
konsaato | 電影
映画（えいが）
映画
eega |
| 歌劇
オペラ
opera | 歌舞伎（かぶき）
歌舞伎
kabuki |

Sentence 例句

目前受歡迎的電影是哪一部？
今（いま）、人気（にんき）のある映画（えいが）は何（なん）ですか。
ima, ninki no aru eega wa nan desuka.

這個樂團很有人氣喔！
このバンドは人気（にんき）があります。
kono bando wa ninki ga arimasu.

會上映到什麼時候？
いつまで上演（じょうえん）していますか。
itsu made jooen shite imasuka.

下一場幾點放映？
次（つぎ）の上映（じょうえい）は何時（なんじ）ですか。
tsugi no jooee wa nanji desuka.

映画館

245

幾分前可以進場？

何分前に入りますか。
なんぶんまえ　はい

nanpun mae ni hairimasuka.

芭蕾舞幾點開演？

バレエの上演は何時ですか。
じょうえん　なん　じ

baree no jooen wa nanji desuka.

中間有休息嗎？

休憩はありますか。
きゅうけい

kyuukee wa arimasuka.

中間休息20分。

途中、20分の休憩がございます。
とちゅう　　　ぶん　きゅうけい

tochuu, nijuppun no kyuukee ga gozaimasu.

裡面可以喝果汁嗎？

中でジュースを飲んでいいですか。
なか　　　　　　　　の

naka de juusu o nonde ii desuka.

電影院裡請不要吃東西。

ホール内でのご飲食はご遠慮ください。
ない　　　　　いんしょく　　　えんりょ

hooru nai deno go inshoku wa go enryo kudasai.

● 小知識

寶塚歌劇團

日本寶塚歌劇團誕生在 100 年前的日本寶塚市。最初是為了振興當地的溫泉旅遊，由一個少女歌唱團組成演出。沒想到全員女生，再加上新穎的表演與舞臺效果，在當時產生了極大的轟動。現在寶塚歌劇團的魅力，除了男角由女性「反串」演出之外，精緻的妝容，華美的服飾，絢麗的燈光和壯麗的交響樂效果，讓觀眾能在幾小時間，沉溺在夢幻般的世界，忘記一切煩惱。

Note 07

歌、上手ですね。歌手ですか。

歌唱得真好。你是歌手嗎？

 大聲唸！寫出來！

歌唱得真好。你是歌手嗎？

A：歌、上手ですね。
uta, joozu desune.

哪裡，你過獎了。

B：そんなことはありませんよ。
sonna koto arimasen'yo.

你是歌手嗎？

A：歌手ですか。
kashu desuka.

不，不是的。

B：いいえ、そうじゃありません。
iie, sooja arimasen.

日本生活小知識

到日本什麼便宜呢？卡拉 OK 一定在清單裡。日本的卡拉 OK，其實跟台灣差不多，但比台灣低調多了。一般日本上班族、同學、甚至教授跟學生，都會約著一起去唱歌。跟喝酒一樣，藉著卡拉 OK 可以拉近人與人之間的距離喔。

▶ 替換單字

● ＿＿＿＿多少？

数量 ＋いくらですか。
ikura desuka

一小時 じかん **1 時間** ichijikan	一個人 ひとり **一人** hitori	30分鐘 ぶん **30分** sanjuppun
小孩／一個人 ひとり **こども／一人** kodomo／hitori		果汁／一瓶 ひと **ジュース／一つ** juusu／hitotsu

Sentence 例句

去唱卡拉OK吧！
い
カラオケに行きましょう。
karaoke ni ikimashoo.

基本消費多少？
き ほんりょうきん
基本料金はいくらですか。
kihon ryookin wa ikuradesuka.

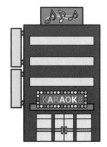

可以延長嗎？
えんちょう
延長はできますか。
enchoo wa dekimasuka.

遙控器如何使用？
つか
リモコンはどうやって使いますか。
rimokon wa dooyatte tsukaimasuka.

248

有什麼歌曲？
どんな曲がありますか。
donna kyoku ga arimasuka.

也有中文歌嗎？
中国語の歌もありますか。
chuugokugo no uta mo arimasuka.

我唱鄧麗君的歌。
私はテレサ・テンを歌います。
watashi wa teresa ten o utaimasu.

我想唱SMAP的歌。
SMAPの歌を歌いたいです。
sumappu no uta o utai tai desu.

一起唱吧!
一緒に歌いましょう。
issho ni utaimashoo.

接下來唱什麼歌？
次は何にしますか。
tsugi wa nani ni shimasuka.

王先生，唱一首如何？
王さん、1曲どうですか。
oo san, ikkyoku doo desuka.

啊！我不行的。我五音不全。
えっ、無理ですよ。僕は音痴ですから。
e, muri desuyo. boku wa onchi desukara.

我很不擅長唱歌。
私は歌が下手です。
watashi wa uta ga heta desu.

我不會唱卡拉OK。
カラオケが苦手です。
karaoke ga nigate desu.

王先生歌唱得真好。
王さんは歌がすごく上手ですね。
oo san wa uta ga sugoku joozu desune.

隔壁房間的人，唱得真好。
隣の部屋の人、上手ですね。
tonari no heya no hito, joozu desune.

還可以這樣讚美別人

すごいですね：真厲害
素敵ですね：好棒啊
さすがです：名不虛傳

● 小知識

カラオケ（卡拉 OK）

原來是指無人樂隊。早先是日本的一種歌唱活動。後來演變成音樂一邊伴奏，電視螢幕上同時播放有節拍提示的歌詞，是一種受歡迎的大眾娛樂活動。

Note 08

キリンをお願いします。

給我麒麟啤酒。

63 大聲唸！寫出來！

有啤酒嗎？

A： ビールはありますか。
biiru wa arimasuka.

有的，要什麼啤酒呢？

B： はい。どのビールにしますか。
hai. dono biiru ni shimasuka.

給我麒麟啤酒。還有，加水加冰塊的威士忌。

A： キリンをお願いします。あと、水割りもお
願いします。
kirin o onegaishimasu. ato, mizuwari mo onegaishimasu.

您要什麼配酒菜呢？

B： おつまみは何がいいですか。
otsumami wa nani ga iidesuka.

嗯！給我起司跟毛豆。

A： ええと、チーズと枝豆をお願いします。
eeto, chiizu to edamame o onegaishimasu.

日本生活小知識

日本人進餐廳，會先點個啤酒來喝，這時會說「とりあえず、ビールください
（先來杯啤酒）」。也因此，在日本光是啤酒，年營業額就高達 2 兆 6 億日圓
左右。如果再加上其他的酒類，如清酒、燒酒等，規模之龐大可想而知了。

▶ 替換單字

● 附近有＿＿＿＿嗎？

<u>近</u>くに＋ 場所 ＋はありますか。
chikaku ni　　　　　　　wa arimasuka

酒吧	夜店	爵士酒吧
バー	ナイトクラブ	ジャズクラブ
baa	naito kurabu	jazu kurabu

酒店	一杯小酒店	居酒屋
クラブ	一杯飲み屋	居酒屋
kurabu	ippai nomi ya	izakaya

日式傳統料理店	壽司店	路邊攤	啤酒屋
料亭	すし屋	屋台	ビヤホール
ryootee	sushi ya	yatai	biyahooru

● 給我＿＿＿＿。

名詞 ＋をください。
　　　　o kudasai

雞尾酒	啤酒	紅葡萄酒
カクテル	ビール	赤ワイン
kakuteru	biiru	aka wain

白葡萄酒	日本清酒	威士忌
白ワイン	日本酒	ウイスキー
shiro wain	nihon shu	uisukii

白蘭地	香檳	薑汁汽水	下酒菜
ブランデー	シャンペン	ジンジャーエール	おつまみ
burandee	shanpen	jinjaaeeru	otsumami

Sentence 例句

女性要2000日圓。

女性（じょせい）は2,000円（えん）です。

josee wa nisen'en desu.

星期五是女士日。

金曜日（きんようび）はレディースデーです。

kin'yoobi wa rediisudee desu.

推薦什麼樣的喝法呢？

どんな飲（の）み方（かた）がお勧（すす）めですか。

donnna nomikata ga osusumedesuka.

音樂不錯呢。

音楽（おんがく）がいいですね。

ongaku ga ii desune.

點菜可以點到幾點？

ラストオーダーは何時（なんじ）ですか。

rasutooodaa wa nanji desuka.

喜歡聽爵士樂。

ジャズを聴（き）くのが好（す）きです。

jazu o kikuno ga suki desu.

有演奏什麼曲子？

どんな曲（きょく）をやっていますか。

donna kyoku o yatte imasuka.

一起吃跟喝說法不一樣

一起開動吃東西時，跟同桌的人説「いただきます（開動）」；一起舉杯喝酒説「かんぱい（乾杯）」。

來吧！乾杯！

乾杯（かんぱい）しましょう。

kanpai shimashoo.

喝葡萄酒吧！

ワインを飲（の）みましょうか。

wain o nomimashooka.

要什麼下酒菜？

おつまみは何<ruby>何<rt>なに</rt></ruby>がいいですか。
otsumami wa nani ga ii desuka.

東京有沒有賭場？

<ruby>東京<rt>とうきょう</rt></ruby>にカジノはありますか。
tookyoo ni kajino wa arimasuka.

穿什麼衣服好呢？

どんな<ruby>服<rt>ふく</rt></ruby>を<ruby>着<rt>き</rt></ruby>ていったらいいですか。
donnna fuku o kite ittara iidesuka.

俄羅斯輪盤在哪裡呢？

ルーレットはどこですか。
ruuretto wa doko desuka.

請教我怎麼玩。

ルールを<ruby>教<rt>おし</rt></ruby>えてください。
ruuru o oshiete kudasai.

請教我這台機器怎麼玩。

このマシンの<ruby>使<rt>つか</rt></ruby>い<ruby>方<rt>かた</rt></ruby>を<ruby>教<rt>おし</rt></ruby>えてください。
kono mashin no tsukaikata o oshiete kudasai.

我可以參加這一局嗎？

ゲームに<ruby>参加<rt>さんか</rt></ruby>してもいいですか。
geemu ni sanka shitemo iidesuka.

這局我不玩了。

ゲームをやめます。
geemu o yamemasu.

贏的部份我想換現金。

<ruby>勝<rt>か</rt></ruby>った<ruby>分<rt>ぶん</rt></ruby>を<ruby>現金<rt>げんきん</rt></ruby>に<ruby>換<rt>か</rt></ruby>えたいです。
katta bun o genkin ni kaetaidesu.

哪裡有免稅店呢？

<ruby>免税店<rt>めんぜいてん</rt></ruby>はどこですか。
menzeeten wa dokodesuka.

Note 09

何やってんだ、ピッチャー交代しろ！
なに　　　　　　　　　　　　　　　　　　こうたい

搞什麼！換投手啦！

64 大聲唸！寫出來！

啊！飛越全壘打牆了。

A： あ、入った！
　　　　はい

a, haitta!

啊ー！被打到了……。搞什麼！換投手啦！

B： あー、打たれた……。何やってんだ、ピッ
　　　　　　う　　　　　　　　　　　なに
チャー交代しろ！
　　　こうたい

aa,utareta. nani yattenda, picchaa kootai shiro!

日本生活小知識

日本人一說到棒球，就熱血沸騰了。如果以排行榜而言，日本人最喜歡的運動
項目，應該是棒球第一，足球第二，籃球第三了。此外，棒球也是相撲之後的
日本體育第二大國技。

今天有巨人隊的比賽嗎？
今日は巨人の試合がありますか。
kyoo wa kyojin no shiai ga arimasuka.

哪兩隊的比賽？
どこ対どこの試合ですか。
doko tai doko no shiai desuka.

請給我兩張一壘附近的座位。
１塁側の席を２枚ください。
ichirui gawa no seki o nimai kudasai.

可以坐這裡嗎？
ここに座ってもいいですか。
koko ni suwattemo ii desuka.

加油道具可以在哪裡買到呢？
応援グッズはどこで買えますか。
ooen guzzu wa doko de kaemasuka.

投得真好啊！
すばらしい投球ですね！
subarashii tookyuu desune!

打得好！
ナイスヒット！
naisu hitto!

加油啦！
頑張れ！
ganbare!

打得妙！
ナイスプレー！
naisu puree!

高中甲子園

高中棒球大賽。是野球
少年的夢想聖殿，每到
比賽，總讓日本列島為
之沸騰。

請簽名。
サインをください。
sain o kudasai.

你知道那位選手嗎？
あの選手を知っていますか。
ano senshu o shitte imasuka.

他很有人氣嘛！
彼は人気がありますね。
kare wa ninki ga arimasune.

你喜歡哪一支隊伍？
どのチームが好きですか。
dono chiimu ga sukidesuka.

啊！全壘打！
あ、ホームランになりました。
a, hoomuran ni narimashita.

喝杯啤酒吧！
ビールを飲みましょう。
biiru o nomimashoo.

好用單字		
野球場 yakyuujoo	／棒球場
ナイター naitaa	／夜間棒球賽
ピッチャー picchaa	／投手
キャッチャー kyacchaa	／捕手
バッター battaa	／打者

好用單字		
盗塁 toorui	／盜壘
ホームラン hoomuran	／全壘打
三振 sanshin	／三振
監督 kantoku	／教練

Note 01

わあ、大きいお風呂。

哇！好大的浴池。

哇！好大的浴池。

A：わあ、大きいお風呂。
waa, ookii o furo.

還畫著富士山呢！

B：富士山の絵が描いてあるね。
fujisan no e ga kaite arune.

日本生活小知識

日本人相信，泡澡不只純粹洗去身體的髒污，也是洗去俗世的污垢喔！日本的
「錢湯」（公共澡堂）來自６世紀。當時，傳入日本的佛教，認為要侍奉神佛
的人，必須洗去髒污。後來才誕生了提供大眾泡澡的「錢湯」。

▶ **替換單字**

● 淋浴跟泡澡，你喜歡哪種？

シャワー と おふろ とどちらが好<ruby>き<rt>す</rt></ruby>ですか。
shawaa to o furo to dochira ga suki desuka

温泉／滑雪
<ruby>温泉<rt>おんせん</rt></ruby>／スキー
onsen／sukii

蘋果／香蕉
リンゴ／バナナ
ringo／banana

日式點心／西式點心
<ruby>和菓子<rt>わがし</rt></ruby>／<ruby>洋菓子<rt>ようがし</rt></ruby>
wagashi／yoogashi

電影／DVD
<ruby>映画<rt>えいが</rt></ruby>／DVD
eega／DVD

路邊攤／居酒屋
<ruby>屋台<rt>やたい</rt></ruby>／<ruby>居酒屋<rt>いざかや</rt></ruby>
yatai／izakaya

大象／長頸鹿
<ruby>象<rt>ぞう</rt></ruby>／キリン
zoo／kirin

● 比較喜歡泡澡。

おふろ のほうが 好<ruby>き<rt>す</rt></ruby> です。
o furo no hoo ga suki desu.

京都／安靜
<ruby>京都<rt>きょうと</rt></ruby>／<ruby>静<rt>しず</rt></ruby>か
kyooto／shizuka

飛機／快
<ruby>飛行機<rt>ひこうき</rt></ruby>／<ruby>速<rt>はや</rt></ruby>い
hikooki／hayai

秋天／喜歡
<ruby>秋<rt>あき</rt></ruby>／好<ruby>き<rt>す</rt></ruby>
aki／suki

去年／冷
<ruby>昨年<rt>さくねん</rt></ruby>／<ruby>寒<rt>さむ</rt></ruby>い
sakunen／samui

● 去公共澡堂時，會帶毛巾。

銭湯へ行くとき、 タオル を持っていきます。

sentoo e iku toki, taoru o motte ikimasu.

洗臉盆 せんめんき **洗面器** senmenki	肥皂 **せっけん** sekken	洗髮精 **シャンプー** shanpuu	潤絲精 **リンス** rinsu
換洗衣物 きが **着替え** kigae		海綿 **スポンジ** suponji	

Sentence 例句

家裡沒有浴室。
いえ　ふろ
家に風呂がありません。
ie ni furo ga arimasen.

我家的浴室壞了。
ふろ　　こわ
うちのお風呂、壊れちゃって。
uchi no o furo, kowarechatte.

家裡只有淋浴。
いえ
家にシャワーしかありません。
ie ni shawaa shika arimasen.

每天去公共澡堂。
まいにちせんとう　　い
毎日銭湯へ行きます。
mainichi sentoo e ikimasu.

因為公共澡堂比我家的浴室還寬敞。

銭湯は、うちのお風呂より広いですから。
sentoo wa, uchi no o furo yori hiroidesukara.

你去過公共澡堂嗎？

銭湯へ行ったことがありますか。
sentoo e itta koto ga arimasuka.

不，沒有。

いいえ、ありません。
iie, arimasen.

很想去超級公共澡堂。

スーパー銭湯に行ってみたいです。
suupaa sentoo ni itte mitaidesu.

那裡也有投幣式洗衣店。

あそこにコインランドリーもありますよ。
asoko ni koin randorii mo arimasuyo.

「宮造」式寺院風格的外觀

錢湯的外觀很有特色，特別是東京。那是屬於寺院風格的建築，叫「宮造形式」。

 ● 小知識

浴室裡的富士山畫

到東京的錢湯，一進浴室最常見到的就是「富士山」畫了。據說，那是在 1912 年，某一位錢湯的老闆，為了讓小孩開心，委託一位來自靜岡的畫家，請他作畫。説到靜岡，當然就想到富士山吧！這位畫家就畫了富士山。結果大受歡迎，並沿用到現在。

Note 02

あー、極楽、極楽。

啊！人間天堂、人間天堂！

大聲唸！寫出來！

也有柚子浴喔！

A：ゆず風呂もありますね。
yuzu buro mo arimasune.

啊！人間天堂、人間天堂！

B：あー、極楽、極楽。
aa, gokuraku, gokuraku.

日本生活小知識

到日本一定要去公共澡堂泡澡。日本的錢湯一進去就分男湯和女湯。由於是全裸的，所以進去澡堂之前要脫光光的，老闆坐在面向男女浴室的櫃臺。老闆可能是男性，如果不好意思，可以先用毛巾遮一下。但看到大家都坦誠相見，久了就習慣了。

▶ **替換單字**

● 一起去<u>公共澡堂</u>如何？

いっしょに 銭湯 へ行きませんか。
せんとう　い
issho ni sentoo e ikimasenka.

演唱會	釣魚	野餐
コンサート	釣り つ	ピクニック
konsaato	tsuri	pikunikku

爬山	開車兜風	旅行
登山 と　ざん	ドライブ	旅行 りょこう
tozan	doraibu	ryokoo

● 日本人真喜歡泡澡呢。

日本人は お風呂 が好きですね。
に ほんじん　　　ふ　ろ　　　　す
nihonjin wa o furo ga suki desune.

賞花	相撲	跳舞	廟會
花見 はな み	相撲 す もう	踊り おど	お祭り まつ
hanami	sumoo	odori	omatsuri

● 公共澡堂有<u>大浴場</u>。

銭湯には 大浴場 があります。
せんとう　　　　だいよくじょう
sentoo niwa daiyokujoo ga arimasu.

三溫暖	泡泡澡	按摩機
サウナ	泡風呂 あわ ぶ ろ	マッサージ機 き
sauna	awaburo	massaajiki

超音波澡	坐浴	卡拉OK
超音波風呂 ちょうおん ぱ ぶ ろ	座風呂 ざ ぶ ろ	カラオケ
chooonpaburo	zaburo	karaoke

鞋子放進這裡。
靴はここに入れてください。
kutsu wa koko ni irete kudasai.

在櫃臺付洗澡費。
番台で入浴料を払います。
bandai de nyuuyokuryoo o haraimasu.

費用是390日圓。
料金は390円です。
ryookin wa sanbyaku kyuujuu en desu.

三溫暖要再追加200日圓的費用。
サウナは追加料金200円がかかります。
sauna wa tsuikaryookin nihyaku en ga kakarimasu.

三溫暖不需要另外收費。
サウナも別料金はかかりません。
sauna mo betsuryookin wa kakarimasen.

脫下的衣服放進寄物櫃。
脱いだ物をロッカーに入れます。
nuida mono o rokkaa ni iremasu.

入浴前，先沖洗身體。
入る前に、体にお湯をかけます。
hairu mae ni, karada ni o yu o kakemasu.

真是又明亮又寬敞的公共澡堂。
明るくて広い銭湯ですね。
akarukute hiroi sentoo desune.

泡澡注意事項

請勿將毛巾泡在浴池
裡，不可以在浴池洗
頭！有些錢湯會禁止
有刺青的人士進入
喔！

好像洗溫泉。

<ruby>温<rt>おんせん</rt></ruby><ruby>泉<rt></rt></ruby>みたいです。

onsen mitai desu.

這裡的熱水是溫泉喔！

ここのお<ruby>湯<rt>ゆ</rt></ruby>は<ruby>温泉<rt>おんせん</rt></ruby>なんですよ。

koko no o yu wa onsen nandesuyo.

啊！好棒的湯喔！

あ、いいお<ruby>湯<rt>ゆ</rt></ruby>ですね。

a, ii oyu desune.

真舒服！

<ruby>気持<rt>き も</rt></ruby>ちいい！

kimochi ii!

有日式庭院的澡堂

有些錢湯，可以看到日式庭院。可以買罐飲料，邊補充水分，邊眺望庭院，很享受的！

● 小知識

泡澡步驟

把鞋子放在門口的鞋櫃→在櫃臺支付費用→在更衣室脫掉所有衣服，放入寄物櫃→進入浴室→沖洗身體→進入浴池→洗好以後，擦乾身上的水→到更衣室穿衣服。

Note 01

カットとシャンプーをお願^{ねが}いします。

我要剪髮跟洗頭。

67 大聲唸！寫出來！

今天怎麼整理呢？

A：今日^{きょう}はどうなさいますか。
kyoo wa doo nasaimasuka.

我要剪髮跟洗頭。我要剪短。

B：カットとシャンプーをお願^{ねが}いします。
短^{みじか}くしてください。
katto to shanpuu o onegaishimasu. mijikaku shite kudasai.

日本生活小知識

日本髮廊有不少獨特的服務。譬如為了讓客人能放鬆身心，洗髮時為客人在臉上敷毛巾或按摩頭部及肩膀。燙髮及護髮的技術也很出色，燙髮兼改善髮質，就是想盡辦法讓客人「更美麗、更舒適」。

▶ 替換單字

● 我要<u>燙髮</u>。

パーマ をお願いします。
paama o onegai shimasu.

洗頭	剪髮	整髮	染髮
シャンプー	**カット**	**セット**	**髪染め**
shanpuu	katto	setto	kamizome

染白頭髮	洗髮兼護髮
白髪染め	**トリートメント**
shiragazome	toriitomento

Sentence 例句

要等多久呢？
どのくらい待ちますか。
dono kurai machimasuka.

請在這裡等。
こちらでお待ちください。
kochira de omachi kudasai.

讓您久等了。下一位請。
お待たせしました。次の方どうぞ。
omataseshimashita. tsugi no kata doozo.

請您把東西放這裡吧！
お荷物をお預かりしましょうか。
o nimotsu o oazukari shimashooka.

東西請放進這裡。
お荷物はこちらへお入れください。
o nimotsu wa kochira e oire kudasai.

這邊請。
こちらへどうぞ。
kochira e doozo.

眼鏡請放在這裡。
眼鏡はこちらへどうぞ。
megane wa kochira e doozo.

費用裡有包括洗髮嗎？
シャンプーは料金に入っていますか。
shanpuu wa ryookin ni haitte imasuka.

洗髮費用另算。
シャンプーは別料金です。
shanpuu wa betsuryookin desu.

洗髮就不用了。
シャンプーは結構です。
shanpuu wa kekkoo desu.

 ●小知識

上美容院洗洗剪剪怎麼說

シャンプーする：洗頭髮
カラーする：染頭髮
ブローする：吹頭髮
カットする：剪頭髮
セットする：做造型
パーマをかける：燙頭髮

Note 02

前髪は少し長すぎますね。
_{まえがみ} _{すこ} _{なが}

前面的頭髮太長了一些。

 大聲唸！寫出來！

前面的頭髮太長了一些。前面的頭髮剪一點，後面剪齊就好，您覺得如何？

A：前髪は少し長すぎますね。前髪は少し切って、
後ろは揃えるだけでいかがでしょうか。

maegami wa sukoshi nagasugimasune. maegami wa sukoshi kitte,
ushiro wa soroeru dake de ikaga deshooka.

好的，你來幫我決定吧！

B：はい、おまかせします。

hai, omakaseshimasu.

日本生活小知識

在日本，一般而言女性去美容院，男性到理髮院。但是最近愛打扮的男性越來越多，光顧美容院的也不少了。當然美容院價錢一般比理髮院高了。

▶ 替換單字

● 我要剪像這張照片。

この写真 のようにしてください。

kono shashin no yoo ni shite kudasai.

這個人	這個演員	她	山下智久
この人	**この俳優**	**彼女**	**山下智久**
kono hito	kono haiyuu	kanojo	yamashita tomohisa

● 請剪短一點。

少し 短く してください。

sukoshi mijikaku shite kudasai.

輕	大	小	快
軽く	**大きく**	**小さく**	**はやく**
karuku	ookiku	chiisaku	hayaku

● 請不要剪得太短。

あまり短くし ないでください。

amari mijikaku shinaide kudasai.

用洗髮精	燙太捲
シャンプーはし	**パーマは強くかけ**
shanpuu wa shi	paama wa tsuyoku kake

剃鬍子	用定型髮膠
ひげをそら	**スプレーは使わ**
hige o sora	supuree wa tsukawa

270

▶ **替換單字**

● 只要燙<u>前面</u>。

前 だけパーマしてください。
mae dake paama shite kudasai.

瀏海 **前髪** まえがみ maegami	後面 **後ろ** うし ushiro
右側 **右側** みぎがわ migigawa	左側 **左側** ひだりがわ hidarigawa
兩側 **両わき** りょう ryoowaki	這裡 **ここ** koko

● 後面要剪嗎？

後ろは 切ります か。
ushiro wa kirimasuka.

燙 **パーマします** paama shimasu	剪短 **刈り上げます** か あ kariagemasu
放下 **下ろします** お oroshimasu	往上吹 **上げます** あ agemasu

您要怎麼整理？
どうなさいますか。
doo nasaimasuka.

您今天要怎麼整理？
今日はどうなさいますか。
kyoo wa doo nasaimasuka.

幫我剪短兩公分左右。
２センチくらい切ってください。
ni senchi kurai kitte kudasai.

您髮量很多。
髪の毛が多いですね。
kami no ke ga ooidesune.

頭髮長得蠻長了。
髪がだいぶ長くなりましたね。
kami ga daibu nagaku narimashitane.

要剪像什麼樣子的？
カットはどんな感じにしますか。
katto wa donna kanji ni shimasuka.

請剪齊。
まっすぐに揃えてください。
massuguni soroete kudasai.

ほうがいい

ほうがいい（…比較好）是一種禮貌地提供建議的方式。

剪短一點比較好喔！
少し短くしたほうがいいですよ。
sukoshi mijikaku shita hoo ga ii desuyo.

瀏海不會太長了嗎？
前髪は少し長すぎませんか。
maegami wa sukoshi nagasugimasenka.

要打薄嗎？

そぎますか。
sogimasuka.

耳朵要出來嗎？

耳は少し出しますか。
mimi wa sukoshi dashimasuka.

要在哪裡分邊？

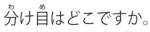

分け目はどこですか。
wakeme wa doko desuka.

您覺得如何？

いかがですか。
ikaga desuka.

很好，謝了。

はい、結構です。どうも。
hai, kekkoo desu. doomo.

いかがですか和どうですか

兩句話都是詢問對方意見。但いかがですか比どうですか要來的尊敬、有禮貌，一般使用的對象大多是對長輩、上司、客人等。

 ● 小知識

「結構です」的意思

如果用英文來表現的話，可以分為四種：
1. No problem（沒問題）
2. Wonderful（太棒了）
3. No,thank you（不用了，謝謝！）
4. Quite（非常，很）。

Note 01

この<ruby>浮<rt>う</rt></ruby><ruby>世<rt>き</rt></ruby><ruby>絵<rt>よ</rt></ruby>のはがきを10<ruby>枚<rt>まい</rt></ruby>ください。

給我10張這種浮世繪明信片。

69 大聲唸！寫出來！

給我 10 張這種浮世繪明信片。

A： この<ruby>浮世絵<rt>うきょえ</rt></ruby>のはがきを 10 <ruby>枚<rt>まい</rt></ruby>ください。
kono ukiyoe no hagaki o juumai kudasai.

好的。一共 720 日圓。

B： はい。720 <ruby>円<rt>えん</rt></ruby>です。
hai. nanahyaku nijuu en desu.

啊！抱歉，再給我五張。

A： あ、すみません、もう 5 <ruby>枚<rt>まい</rt></ruby>ください。
a, sumimasen, moo gomai kudasai.

日本生活小知識

日本人會在 12 月寫賀年卡，以感謝一年中受到關照的上司、同事、老師、同學、朋友。另外，還習慣在盛夏問安（暑中見舞い）、處暑問安（残暑見舞い）寫明信片，互相問候。

▶ 替換單字

● 我要郵票。

切手 をください。
きって
kitte o kudasai.

明信片	賀年卡
はがき	年賀状
hagaki	ねんがじょう
	nengajoo

聖誕卡	信封
クリスマスカード	封筒
kurisumasu kaado	ふうとう
	fuutoo

● 我要寄航空。

航空便 でお願いします。
こうくうびん　　　ねが
kookuubin de onegai shimasu.

船運	掛號信
船便	書留
ふなびん	かきとめ
funabin	kakitome

限時專送	現金掛號信
速達	現金書留
そくたつ	げんきんかきとめ
sokutatsu	genkin kakitome

SAL	包裹
サル	小包
saru	こづつみ
	kozutsumi

▶ 替換單字

● 到台灣航空要多少錢？

たいわん
台湾 まで航空便でいくらですか。
こうくうびん
taiwan made kookuubin de ikura desuka.

紐約／船運	大阪／限時專送
ニューヨーク／**船便** ふなびん nyuuyooku／funabin	**大阪／速達** おおさか　そくたつ oosaka／sokutatsu
巴黎／掛號信	波士頓／現金掛號信
パリ／**書留** かきとめ pari／kakitome	**ボストン／現金書留** げんきんかきとめ bosuton／genkin kakitome

---

Sentence 例句

麻煩80日圓郵票3張。
えんきって　　　ねが
80円切手３枚お願いします。
hachijuuen kitte san mai onegai shimasu.

沒有130日圓郵票。
えん　きって
130円の切手はありません。
hyakusanjuuen no kitte wa arimasen.

這個我想寄到台灣。
たいわん　おく
これを台湾に送りたいんですが……。
kore o taiwan ni okuritaindesuga.

限時專送要花幾天送到？
そくたつ　　なんにち　　　　と ど
速達だと何日ぐらいで届きますか。
sokutatsu dato nannichi gurai de todokimasuka.

船運要花幾天呢？

船便はどのくらいかかりますか。

funabin wa dono kurai kakarimasuka.

1

 大約一個月。

１か月ぐらいです。

ikkagetsu gurai desu.

 推薦寄國際特快專遞。

お勧めなのは、ＥＭＳです。

osusumenano wa, iiemuesu desu.

 限時專送星期天也有投遞嗎？

速達は日曜日も配達しますか。

sokutatsu wa nichiyoobi mo haitatsu shimasuka.

 普通的航空信就好。

普通の航空便でいいです。

futsuu no kookuubin de iidesu.

 您要寄限時掛號是吧！

書留速達ですね。

kakitome sokutatsu desune.

 我量一下。

ちょっと量ります。

chotto hakarimasu.

 ● 小知識

日本浮世繪

日本江戶時代形成的繪畫，著重描繪人們日常生活與風景；「浮世」一詞本來就指「現代風」的意思，對同時期法國印象派畫家影響很大。日本有不少印有浮世繪的周邊商品，如套票、掛飾、精品及禮盒封面等應有盡有。

請填上郵遞區號。
郵便番号を書いてください。
yuubin bangoo o kaite kudasai.

這封信請放進外面的郵筒。
この手紙は外のポストに入れてください。
kono tegami wa soto no posuto ni irete kudasai.

全部480日圓。
全部で480円です。
zenbu de yonhyakuhachijuuen desu.

找您150日圓。
150円のおつりです。
hyakugojuuen no otsuri desu.

運費怎麼查的？
料金はどうやって調べましたか。
ryookin wa doo yatte shirabemashitaka.

用網路查的。
ネットで調べました。
netto de shirabemashita.

在網路上可以查詢包裹的郵寄情況

在網路上知道這些用語，就好辦事啦！「お問い合わせ番号」（包裹號碼）、「追跡スタート」（追蹤開始）。

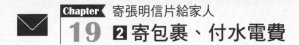

N o t e 0 2

これを速達<ruby>速達<rt>そくたつ</rt></ruby>でお<ruby>願<rt>ねが</rt></ruby>いします。

這個我要寄限時專送。

 大聲唸！寫出來！

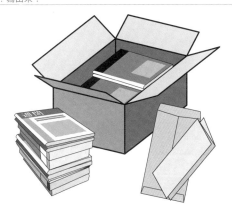

這個我要寄限時專送。

A：これを<ruby>速達<rt>そくたつ</rt></ruby>でお<ruby>願<rt>ねが</rt></ruby>いします。
kore o sokutatsu de onegaishimasu.

這是書嗎？

B：これは<ruby>本<rt>ほん</rt></ruby>ですか。
kore wa hon desuka.

裡面也有信。

A：<ruby>手紙<rt>てがみ</rt></ruby>もいっしょに<ruby>入<rt>はい</rt></ruby>っています。
tegami mo issho ni haitte imasu.

日本生活小知識

日本郵局受理業務有：販售郵票、郵寄、儲匯款、繳納水電瓦斯費。另外，掛有「〒」標牌的商店，也有出售郵票、明信片。

▶ **替換單字**

● 裡面是書。

中身は 本 です。
なかみ　　ほん
nakami wa hon desu.

罐頭	水果	CD
缶詰 (かんづめ)	果物 (くだもの)	CD
kanzume	kudamono	shiidii

藥品	衣服	蔬菜
薬 (くすり)	服 (ふく)	野菜 (やさい)
kusuri	fuku	yasai

● 這裡請寫上物品的名稱。

ここに 品物の名前 を書いてください。
しなもの　なまえ　　か
koko ni shinamono no namae o kaite kudasai.

大致的金額	收件人的姓名
だいたいの金額 (きんがく)	受取人の氏名 (うけとりにん　しめい)
daitai no kingaku	uketorinin no shimee

收件人的電話	寄信人的名字
受取人の連絡先 (うけとりにん　れんらくさき)	差出人の氏名 (さしだしにん　しめい)
uketorinin no renrakusaki	sashidashinin no shimee

● 我要付電費。

電気料金 を支払いたいのですが。
でんきりょうきん　　しはら
denki ryookin o shiharaitai no desuga.

電話費	水費	瓦斯	照明費跟暖氣費
電話料金 (でんわりょうきん)	水道料金 (すいどうりょうきん)	ガス料金 (りょうきん)	光熱費 (こうねつひ)
denwa ryookin	suidoo ryookin	gasu ryookin	koonetsuhi

裡面是什麼？
<ruby>中身<rt>なかみ</rt></ruby>は<ruby>何<rt>なん</rt></ruby>ですか。
nakami wa nan desuka.

請填寫這是什麼物品，還有大致的金額。
ここに<ruby>品物<rt>しなもの</rt></ruby>の<ruby>名前<rt>なまえ</rt></ruby>とだいたいの<ruby>金額<rt>きんがく</rt></ruby>を<ruby>書<rt>か</rt></ruby>いてください。
koko ni shinamono no namae to daitai no kingaku o kaite kudasai.

這裡全部都要填寫。
こちらを<ruby>全部<rt>ぜんぶ</rt></ruby><ruby>記入<rt>きにゅう</rt></ruby>してください。
kochira o zenbu kinyuu shite kudasai.

國際特快專遞要裝入這個專用的信封。
<ruby>EMS<rt>イーエムエス</rt></ruby>は、<ruby>専用<rt>せんよう</rt></ruby>の<ruby>封筒<rt>ふうとう</rt></ruby>に<ruby>入<rt>い</rt></ruby>れてください。
iiemuesu wa, sen'yoo no fuutoo ni irete kudasai.

挺重的嘛！
<ruby>重<rt>おも</rt></ruby>いですね。
omoi desune.

有重量跟尺寸的限制。
<ruby>重<rt>おも</rt></ruby>さとサイズの<ruby>制限<rt>せいげん</rt></ruby>があります。
omosa to saizu no seegen ga arimasu.

● 小知識

日本運費

日本運費主要分為：四種系統（日本郵便、クロネコヤマト、佐川急便、はこ BOON）。前三種費用較高，跟我們的宅配一樣，以尺寸計價。はこ BOON 費用較低，類似我們的郵局，用重量計價，但因為只能在全家超商出貨，而全家據點不多，所以較少人使用。

請分成兩個包裹。
二つに分けてください。
futatsu ni wakete kudasai.

小包重量最多到10公斤。
小包は10キロまでです。
kozutsumi wa jukkiro made desu.

裡面有沒有信？
手紙は入っていませんか。
tegami wa haitte imasenka.

有膠帶嗎？
ガムテープありますか。
gamuteepu arimasuka.

找您150日圓。
150円のおつりです。
hyaku gojuu en no otsuri desu.

これは控えです。
kochira wa hikae desu.

這是收據。
こちらは控えです。
kochira wa hikae desu.

這是收據。

こちらは領収書です。
kochira wa ryooshuusho desu.

國內寄信費用

在日本寄信的話，一般
信件一封是 84 日圓，
明信片一張是 63 日
圓。

Note 01

『花火』という本はありますか。

有沒有「煙火」這本書？

71 大聲唸！寫出來！

請問，有沒有「煙火」這本書？

A：すみません。『花火』という本はありますか。
sumimasen. "hanabi" to iu hon wa arimasuka.

請等一下。現在被人借走了。

B：少々お待ちください。今、他の人が借りています。
shooshoo omachi kudasai. ima, hoka no hito ga karite imasu.

那，如果書還回來了，再通知我一下。

A：では、戻ってきましたら、知らせてください。
dewa, modotte kimashitara, shirasete kudasai.

日本生活小知識

日本圖書館琳瑯滿目，近幾年來，具特色、質感的圖書館更是成為旅客必訪的朝聖地之一。例如「東京北區中央圖書館」紅磚打造的外牆，古色古香；「秋田國際大學圖書館」木製的半圓環設計，溫暖又壯觀；「石川金澤海洋未來圖書館」搶眼的純白色，設計很具現代感。

▶ 替換單字

● 有叫伊麗莎白的書嗎？

エンドラハンサ という本、ありますか。
endorahansa toiu hon, arimasuka.

還是！分開好的男人	用英語傳揚日本
ヤッパリ！わかれたほうがいい男	英語で伝える日本
yappari! wakareta hoo ga ii otoko	eego de tsutaeru nihon
5分鐘就會	日本的賀年卡
5分でできた	日本の年賀状
gofun de dekita	nihon no nengajoo

● 叫什麼書呢？

なんという **本** ですか。
nanto iu hon desuka.

雜誌	辭典
雑誌	辞書
zasshi	jisho
節目	音樂
番組	音楽
bangumi	ongaku
鳥	料理
鳥	料理
tori	ryoori

284

▶ **替換單字**

● 叫「<u>向日葵</u>」。

「**ひまわり**」 といいます。
"himawari" to iimasu.

生活情報 せいかつじょうほう **生活情報** seekatsujoohoo	智慧藏 ち え ぞう **知恵蔵** chiezoo
料理東西軍 りょう り **どっちの料理ショー** docchi no ryoori shoo	黃鶯 **ウグイス** uguisu

Sentence 例句

我想要做圖書借閱卡。
か　だ　　　　　　　　　　　　　　　く
貸し出しカードを作りたいんですが。
kashidashi kaado o tsukuritain desuga.

好的。請給我您的身份證。
み　ぶんしょうめいしょ　　み
はい。身分証明書を見せてください。
hai. mibunshoomeesho o misete kudasai.

請這裡填寫您的姓名等。
な　まえ　　　　　　か
ここに名前などを書いてください。
koko ni namae nado o kaite kudasai.

好的，這是圖書借閱卡。
か　だ
はい。これが貸し出しカードです。
hai. kore ga kashidashi kaado desu.

想借閱的圖書請在那個電腦查詢。
借りたい本はそちらのコンピューターで探してください。
karitai hon wa sochira no konpyuutaa de sagashite kudasai.

你知道怎麼使用嗎？
使い方は分かりますか。
tsukaikata wa wakarimasuka.

也可以借CD跟錄影帶。
CDやビデオを借りることもできます。
shiidii ya bideo o kariru koto mo dekimasu.

各種服務

除了圖書，還可以借到唱片、錄影帶、錄音帶。有些圖書館還有中文報紙、雜誌。

一個人最多可以借幾本呢？
一人何冊まで借りることができますか。
hitori nansatsu made kariru koto ga dekimasuka.

一個人最多可以借四本。
一人4冊までです。
hitori yonsatsu made desu.

那本書被別人借走了。
その本は、今ほかの人が借りています。
sono hon wa, ima hoka no hito ga karite imasu.

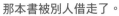

如果還回來了，請通知我。
戻ってきたら、知らせてください。
modotte kitara, shirasete kudasai.

我想預約出借中的書。
貸し出し中の本の予約がしたいんですが。
kashidashi chuu no hon no yoyaku ga shitaindesuga.

這個館沒有，本館裡有。
当館にはありませんが、本館にあります。
tookan niwa arimasenga, honkan ni arimasu.

這本書請在圖書館裡看。
この本は図書館の中で読んでください。
kono hon wa toshokan no naka de yonde kudasai.

注重地方特色的公共圖書館

日本的公共圖書館很注重地方特色文獻的收藏工作。

 ● 小知識

該區居民任何誰都可以利用

日本圖書館有國立、都立、縣立、區立、市立等。一般圖書館都設在居民區附近，只要是在該區居住、工作或上課，任何誰都可以利用，而且積極開展館際之間的合作。一般圖書館都是開架式的。

日本語 基本 1200句 會話

「萬用句型」×「生活單字」
input輸入→output輸出寶典！

附贈 QR碼+MP3

Nihongo Ki

實用日語 04

■ 著者／吉松由美、大山和佳子

■ 出版發行／**山田社文化事業有限公司**
臺北市大安區安和路一段112巷17號7樓
電話 02-2755-7622
傳真 02-2700-1887

■ 郵政劃撥／**19867160號 大原文化事業有限公司**

■ 總經銷／**聯合發行股份有限公司**
地址 新北市新店區寶橋路235巷6弄6號2樓
電話 02-2917-8022
傳真 02-2915-6275

■ 印刷／**上鎰數位科技印刷有限公司**

■ 法律顧問／**林長振法律事務所 林長振律師**

■ 書＋QR碼＋MP3／**定價 新台幣349元**

■ 初版／**2022年2月**

© ISBN：978-986-246-665-0
2022, Shan Tian She Culture Co., Ltd.